अल्लाह

एक परिचय

अब्दुल वहीद

अल्लाह (एक परिचय)

Allah An introduction

अब्दुल वहीद

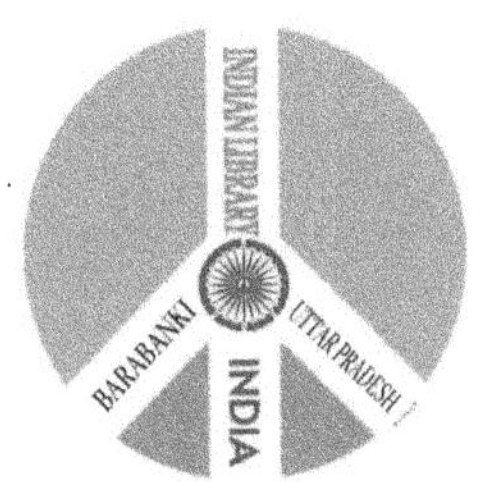

CERTIFICATE OF PUBLISHING

We're proud to present this certificate of publishing to

Abdul Waheed

for successfully publishing

ALLAH AN INTRODUCTION

on 05-01-2023

"A writer's life and work are not a gift to mankind; they're a necessity" ~ Toni Morrison

समर्पण

यह पुस्तक मेरे मरहूम पिताजी हाजी उबैदुर्रहमान (मुन्ना) तथा छोटा भाई अब्दुल हमीद की याद में समर्पित है। ईश्वर (अल्लाह) उनकी आत्मा को शांति दे.

आमीन

विषय सूची

18	मेरी अन्य पुस्तकें	73
19	अपना व्यक्तिगत परिचय	78

भूमिका

इस पुस्तक में अल्लाह अर्थात ईश्वर के बारे में संक्षिप्त परिचय दिया गया है। इंसान के ज्ञान की एक सीमा होती है। अल्लाह को जानने के लिए इंसान को अपने अस्तित्व से समझना पड़ेगा, क्योंकि इंसान को जितना इल्म या ज्ञान प्राप्त हुआ है उसी के आधार पर कल्पना करता है। मैंने लगभग सभी धर्म से ईश्वर के बारे में जानने का प्रयास किया है व आपके समछ प्रस्तुत किया है।

यह पुस्तक आपको कैसी लगी? यदि ईश्वर के बारे में कोई अधिक ज्ञान आपके पास हो तो कृपया बताएं।

धन्यवाद,

आपका -- अब्दुल वहीद ,बाराबंकी, यूपी, इंडिया।

दिनांक- 04/01/2023

ईमान - ए - मुफ़स्सल अथवा ' ईमान ' के अनिवार्य अंग

(१) अल्लाह

(क) तत्व **(Essence)** - कुरआन मजीद में एक बहुत संक्षिप्त सूर है जिसे सूरः ए - इखलास कहते हैं । इसके अरबी पदों का अर्थ इस प्रकार है : ' ऐ नबी , कह दो कि वह याने अल्लाह एक है । अल्लाह निराधार एवं सर्वाधार है । उसके संतान नहीं और न वह किसी की • संतान है और न कोई उसके बराबर का है ' । सूरः - ए - इखलास को कुरआन मजीद के एक तिहाई भाग के बराबर समझा जाता है । इसका कारण यह है कि इस सूरः में अल्लाह के संबंध में जो कुछ कहा गया है उसी पर मुस्लिम धर्मविज्ञान (तौहीद) की नींव रखी गई है । इस सूरः में अल्लाह के ऐक्य को स्वीकार किया गया है । ऐक्स का सारांश इस प्रकार है : अल्लाह ही एक मात्र सर्वशक्तिमान अस्तित्व है जिसके द्वारा समस्त भूमंडल का कार्य सुव्यवस्थित रूप से चलाया जाता है , और यही इस्लाम की आधारशिला है । अल्लाह पर विश्वास और शेष जितने भी विश्वास है एवं नियम हैं वे इसी एक मूल जड़ या वृक्ष की शाखाएं हैं । जो कुछ भी विद्यमान है उसका निर्गमन और आगमन का स्रोत अल्लाह है । अल्लाह की सत्यता हमारी समझ में आए अथवा न आए परन्तु उसके अस्तित्व को माने बिना कोई और चारा नहीं । अल्लाह एक ऐसी आवश्यकता है । जिसके बिना हम संसार के अस्तित्व की समस्याओं को हल नहीं कर सकते । अल्लाह एक है और निराधार है । ऐक्य (वहदत) का अभिप्राय है केवल एक होना •एकेश्वरवाद– यह अल्लाह का गुण है कि वह अपने स्वरूप में भी एक है और अपने गुणों में भी एक है । अर्थात तौहीद (एकेश्वरवाद) का अर्थ हुआ अल्लाह को एक समझना अथवा उसके एक होने पर विश्वास करने अथवा उसके एक होने की घोषणा करना । साधारणतया हम यह कह सकते हैं कि केवल ईश्वर है और कोई ईश्वर नहीं और इस ईश्वर को अल्लाह कहते हैं , फिर इस अल्लाह का किसी प्रकार का कोई भाग नहीं । वह एक है और स्वयं ही एक है । अल्लाह और उसके गुण आदि उनके अतिरिक्त कोई चीज नहीं है । आदि का अभिप्राय है सदा से होना और सदा तक रहना यह भी स्मरण रखना चाहिये कि जिस वस्तु का प्रारम्भ न हो अर्थात् वह आदि काल से ही के अनादि कहते हैं । जिस वस्तु का अंत न हो अर्थात् सदा रहे उसे अनन्त कहते हैं । इसलिए अल्लाह अनादि एवं अनन्त है । जब हम यह कह सकते हैं कि अल्लाह आदि है तो उसका यह अभिप्राय कि वह अनादि अनन्त है या' वाजिबु वुजूद ' ।

वाजिबुल वजूद का अर्थ है जिसका अस्तित्व दूसरे के सहारे न हो अर्थात जो स्वयंभू हो । इसका अर्थ है एक व्यक्ति जिसका अस्तित्व में होना अवश्य हो और उसका न होना असंभव हो । जो वाजिबुल बुजूद होगा वह प्रनादि होगा तथा अनन्त होगा । न उसका प्रारंभ होगा न उसक अंत और किसी भी समय उसका ध्वस न हो सकेगा । वह स्वयं अस्तित्व में होगा । जो वस्तु अन्य से उत्पन्न होती है वह उत्पन्न करने वाले के द्वारा अस्तित्व में लाई जाती है और वह वाजिबूत बुजूद नहीं हो सकती । इस्लामी शिक्षा के अनुसार अल्लाह ही केवल एकमात्र वाजिबुल बुजूद द है , उसके अतिरिक्त ग्रन्य कोई भी वस्तु वाजिबुल वजूद नहीं है । अल्लाह वाजिबुल बुजूद है और बाजिबुल वुजूद का अपने स्वरूप में पूर्ण होना आवश्यक है । अतः इस पूर्णता के लिये जिन गुणा का होना आवश्यक है वे सब अल्लाह में पूर्णरूपेण विद्यमान हैं । इन गुणों को सिफ़ाते कमालिया कहते हैं । इन गुणों का आगे विवेचन किया जाएगा ।

अल्लाह अंतर्यामी , परोक्षवेता एवं सर्वज्ञानी है । उसका प्रत्येक वस्तु पर अधिकार है । वह सब का सु जनहार और अन्नदाता है । वह सब का लालन - पालन करने वाला है और बिगड़ी बनाने वाला है । वह अपने श्रादेश से इस भूमंडल को चला रहा है । वह संसार का स्वामी एवं शासक है । सब कुछ उसके अधीन है । वह बड़ा दयालु है । वह पापों की क्षमा देने वाला और पश्चाताप को स्वीकार करने वाला है । अल्लाह में दया के साथ - साथ न्याय की गुण विद्यमान है ।

कुरआन मजीद की शिक्षा के प्रकाश में केवल वही सत्ता प्रार्थना और आराधना के योग्य हो सकती हैं जो निराधार हो , नित्य , अनश्वर , एवं अनादि हो , जो सदा से हो और सदा तक रहे जो सर्वशक्तिमान , सबका स्वामी , सर्वज्ञ हो , जिसकी कृपा सब पर छाई हो ; जिसके ज्ञान एवं विद्वता में कोई त्रुटि न हो ; जिसके न्याय में प्रत्याचार का सन्देह भी न पैदा हो ; जो जीवन देने वाला घोर जीवन को बनाए रखने के लिए प्रबन्ध करने वाला हो ; जो लाभ और हानि की समस्त शक्तियों का स्वामी हो ; जिसकी क्षमा , कृपा और देखरेख के सब प्रभिलाषी हों ; जिसके पास समस्त संसार वापिस लौटता हो ; जो सबका लेखा - जोखा रखने वाला हो और जिसको दण्ड और पुरस्कार देने का अधिकार हो । यदि हम संसार की समस्त शक्तियों और वस्तुओं पर दृष्टिपात करें तो कोई शक्ति अथवा वस्तु हमें ऐसी दिखाई नहीं देती जो इन समस्त गुणों से युक्त हो । कुरआन केवल एक हो व्यक्ति को इन समस्त गुणों का समूह मानता है और वह है अल्लाह । वही मनुष्य को इस बात का आदेश देता है कि वह सब कुछ छोड़कर उस पर विश्वास (ईमान) लाए । कलिमा के प्रथम भाग ' ला - इला - इल - इल्ला ' का अर्थ यह है कि अल्लाह अतिरिक्त और कोई ईश्वर नहीं । कलिमा के इस भाग के तीन स्तम्भ हैं :

(क) एक ईश्वर की धारणा (ऐक्य) । (ख) संसार और उसकी वस्तुएं एवं अन्य कोई भी वस्तु उसके बराबर नहीं (इस भाग को नफ़ी या नकारात्मक अंश कहते हैं) । (ग) वह स्वयं अपना ही आधार है (अर्थात निराधार) और समस्त वस्तुएं उस पर आधारित हैं । (अर्थात वह आधेय है) (इस अंश को असबात या सकारात्मक अंश कहते हैं) ।

इससे पहले कि अल्लाह के सम्बन्ध में इल्लामी - विश्वासों का हम कोई विस्तृत उल्लेख प्रस्तुत करें यह आवश्यक प्रतीत होता है कि मुस्लिम लेखकों ने जो भी अल्लाह के विषय में अपने विचार प्रकट किए हैं हम उन्हें सुव्यवस्थित रूप से यहाँ प्रस्तुत करें । मुस्लिम विद्यार्थियों को एक पुस्तक पढ़ाई जाती है जिसका शीर्षक है : - ' तालीम - उल - इस्लाम ' । यह पुस्तक मुफ्तीए आजम मुहम्मद काफ़ियत उल्लाह साहिब की लिखी हुई है और इसके द्वितीय भाग में एक प्रश्न यह है : ' खुदाताला के प्रति मुसलमानों को क्या विश्वास रखने चाहिए ? " और उसके उत्तर निम्न हैं :

१ - अल्लाह एक है ।

२- अल्लाह ही प्रार्थना और आराधना के योग्य है और उसके प्रतिरिक्त कोई भी आराधना के योग्य नहीं है ।

३ - उसका कोई भागीदार अथवा साझेदार नहीं । अर्थात् अल्लाह की सत्ता , उसके गुणों , उसके अधिकारों और स्वत्व में कोई साझेदार नहीं ।

४ - वह सर्वज्ञ है । कोई वस्तु उससे छिपी नहीं ।

५ - वह सर्वशक्तिमान है , सर्वसामर्थी है ।

६ – उसी ने पृथ्वी , आकाश , चांद , सूर्य , स्वर्गदूत , मनुष्य , जिन्न अर्थात समस्त संसार का सृजन किया है और वही उसका स्वामी है । ७- जीवन और मृत्यु उसी के आदेशाधीन हैं । वही मारता और जीवन देता है । - वही समस्त संसार के प्राणियों का अन्नदाता है ।

९- वह स्वयं न खाता है न पीता है न सोता है । १० - वह अनादि एवं अनन्त है ।

११ - उसको किसी ने जन्म नहीं दिया ।

१२ -- न उसका पिता है , न बेटा , न बेटी , न पत्नी और न उसका कोई सम्बन्धी है । वह इन समस्त बन्धनों से मुक्त है ।

१३ - सब उस पर आश्रित एवं आधारित हैं परन्तु वह निराधार है , उसे किसी वस्तु की आवश्यकता नहीं ।

१४ - वह अतुल्य है , कोई वस्तु उसके तुल्य १५ - वह समस्त त्रुटियों से रहित है ।

१६ -- उसका कोई आकार - प्रकार नहीं । न उसके हाथ हैं , न पाँव , न कान , न नाक ।

१७ – उसने स्वर्गदूत को बनाकर विश्व के प्रबन्ध और विशेष कार्यों पर उनको नियुक्त किया है ।

१८ - उसने अपनी सृष्टि के पथ - प्रदर्शन के लिए पैग़म्बर भेजे कि वे मनुष्यों को सत्य धर्म की शिक्षा दें , अच्छी बात बताएं और बुरी बातों से उन्हें बचाएं ।

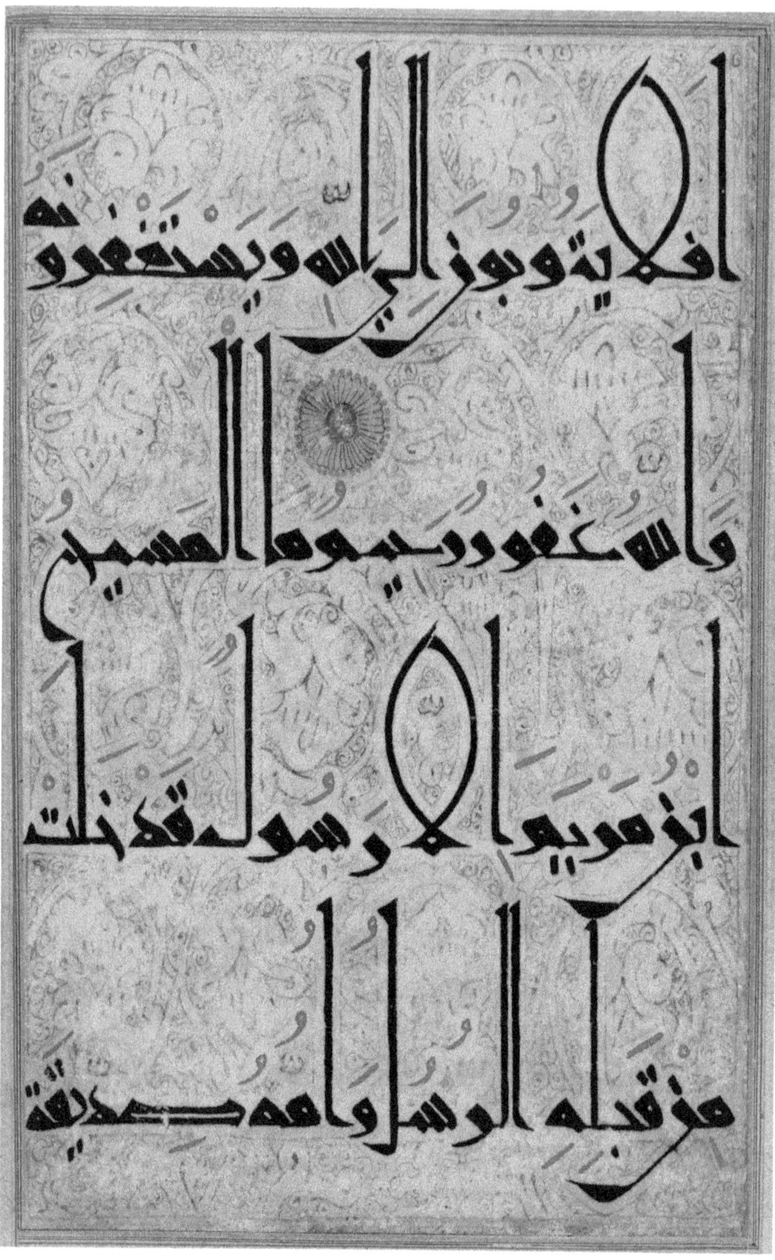

(ख) अल्लाह के विभिन्न नाम

कुरआन मजीद में अल्लाह के कई नाम आए हैं । इन नामों में ' रब ' सब से अधिक प्रसिद्ध है । इस शब्द का मौलिक अर्थ है पालने वाला । फिर स्वाभाविक रूप से इसमें कई अर्थों का प्रादुर्भाव हुआ है और इस तरह इस शब्द में बड़ी व्यापकता प्रा गई है । कुरआन में यह शब्द तीन अर्थों में प्रयुक्त हुआ है ।

(i) ' रब ' नाम मालिक या प्रभु या स्वामी के अर्थ में प्रयुक्त हुआ है । अर्थात अल्लाह समस्त संसार का स्वामी है और समस्त प्राणीगण का प्रभु है । हम कह सकते हैं कि रब , मालिक , प्रम और स्वामी है । कुरआन मजीद की यह एक मूल धारणा है ।

(ii) ' रब ' का दूसरा अर्थ है , पालन कर्ता , संरक्षक , देखरेख करने वाला । (iii) ' रब ' का तीसरा अर्थ है हाकिम , शासक एवं व्यवस्थापक , विधाता , प्रबन्धकर्ता । यह बात स्मरण रखने योग्य है कि कुरआन अल्लाह के ' रब ' होने पर अधिक बल देता है , जब कि पवित्र इंजील की यह शिक्षा है कि अल्लाह न केवल इस सृष्टि और प्राणियों का रब अर्थात स्वामी है , वरन वह मनुष्यों का ' अब्बा ' यानी पिता भी है । मुस्लिम विद्वान अल्लाह के मनुष्यों के बाप , ' अब्बा ' होने को एक घिनौना विचार मानते हैं और अल्लाह के पितत्व की अपेक्षा अल्लाह के स्वामीत्व पर अधिक बल देते हैं ।

कुरान में अल्लाह के लिए ' अर - रहमान ' नाम भी प्रस्तुत हुआ है । साधारणतया इस शब्द का अनुवाद है जो प्रति दयालु है । परन्तु यदि हम इस शब्द परदृष्टिपात करें तो यह स्पष्ट दिखाई देगा कि यह शब्द घर और रहमान के योग से बना है । ' रमान अथवा ' रहमाना ' शब्द पश्चिमी अरबिस्तान के मसीही लोगों में ईश्वर के लिए प्रचलित था । कुरआन मजीद में ' अर रहमान ' शब्द के उपयोग से यह निष्कर्ष निकाला जा सकता है कि मुसलमानों का ' खुदा ' यानी अल्लाह और मसीहियों का खुदा रहमान वस्तुतः एक ही व्यक्ति है । स्वर्गीय प्रोफेसर प्रजमल खान साहब जो मौलाना आजाद के निजी सचिव थे और कुरआन मजीद का जिन्होंने गहरा अध्ययन किया था इस विचार के मानने वाले थे ।

कुरआन में और हदीसों में अल्लाह के अनेक नामों का उल्लेख है । शब्द ' अल्लाह ' को छोड़ नामों की संख्या ९ ६ है और इन्हें ' इस्माए हसन ' यानी सुन्दर नाम कहा जाता है । यदि हम इन ६६ नामों की सूची पर दृष्टिपात करें तो हमें यह ज्ञात होगा कि कुछ नाम अल्लाह की जलाली सिफ़ात (आतंकमय गुणों , Terrible Attributes) को प्रकट करते हैं और कुछ नाम उसकी जमाली सिफ़ात (महिमायम गुणों , Glorious Attributes) को प्रकट करते हैं । मुस्लिम विद्वानों का यह मत है कि केवल अल्लाह ही एक ऐसा नाम है जो इस्मेजात (ईश्वर) का स्वरूपलक्षण युक्त नाम , The Essential Name of God) है , अर्थात यह नाम उसके अस्तित्व का प्रतीक है । शेष ६६ नाम अल्लाह के गुण प्रकट करते हैं । कुरान के सुरः ७ : १८० में इस प्रकार अंकित है : ' सुन्दर नाम (गुण) अल्लाह के ही लिये हैं , तो तुम उन्हीं नामों के द्वारा उसे पुकारो । कुरआन मजीद में अल्लाह के समस्त नामों की सूची नहीं दी गई है । परन्तु टीकाकारों ने हदीसों की सहायता से इन

नामों की सूची तैयार की है । अबुहुरैरा से एक दन्तकथा सम्बन्धित है कि हजरत मोहम्मद ने कहा , ' वस्तुतः , ईश्वर के नाम ६६ हैं , जो उन नामों का जाप करेगा उसका स्वर्ग में प्रवेश होगा ' । इसी हदीस में १६ नामों की सूची दी गई है । इन ६६ नामों के साथ यदि अल्लाह शब्द को मिला दिया जाए तो कुल १०० नाम होते हैं । धार्मिक मुसलमान बहुधा एक माला अपने हाथों में रखते हैं जिसमें मनकों की एक विशेष संख्या होती है और इन्हीं मनकों की सहायता से वे लोग अल्लाह के नामों का जाप या जिक्र करते हैं । अल्लाह के सुन्दर नामों में यह दो नाम ' अर - रहमान ' और ' अर - रहीम ' सुप्रसिद्ध हैं । इसी प्रकार ' अल मुंतक्रिम ' अर्थात बदला लेने वाला और ' अलकूवी ' अर्थात बलवाला , दो सुप्रसिद्ध इस्मे जमालिया अर्थात तेजस्वी नाम हैं ।

(ग) अल्लाह का स्वरूप (Nature) और उसके गुण (Attributes)

(i) स्वरूप और गुण का अभिप्राय - अल्लाह के स्वरूप के संबंध में कोई स्पष्ट विचार न तो हमें क़ुरमान मजीद में मिलते हैं और न टीकाकारों ने इस विषय पर कोई बात स्पष्ट रूप से लिखी है । अल्लाह के स्वरूप के प्रति केवल यही कहा जा सकता है कि उसके स्वरूप का ज्ञान असम्भव है । इसलिए व्यक्ति को उसके स्वरूप को जानने का प्रयत्न नहीं करना चाहिये । केवल इतना ही ज्ञान पर्याप्त है कि अल्लाह है , परन्तु उसका स्वरूप मनुष्य की समझ से परे है । जिस प्रकार सूर्य के समक्ष दृष्टि काम नहीं करती उसी प्रकार विवेक अल्लाह की वास्तविकता को की प्राशियों को सोचे , पर उसके तथ्य को जानने की चेष्टा न करे , क्योंकि वह बुद्धि से परे है ।

मुस्लिम विद्वानों ने अल्लाह के तत्व अथवा स्वरूप और तात्विक विशेषणों अथवा गुणों परस्पर सम्बन्धों पर बहुत चर्चाएं की हैं । प्रश्न यह था कि क्या अल्लाह के गुण अथवा तालिव विशेषण अल्लाह की भांति अनादि है या नहीं ? मोतजिला+ का विचार था कि अल्लाह के अथवा तात्विक विशेषण जैसे , ज्ञान , जीवन , सामर्थ आदि अल्लाह के स्वरूप में ही है और उस स्वरूप के अंग है । अल अशअरी का विचार था कि अल्लाह के गुण उसके स्वरूप से प यद्यपि अल्लाह की भांति अनादि अवश्य हैं । न उन्हें अल्लाह के स्वरूप में कह सकते हैं न तुल ही कह सकते हैं । मनुष्य का विवेक इस रहस्य को नहीं जान सकता । मनुष्य केवल मान रे इसके सिवाय और कोई चारा नहीं । मुस्लिम दर्शन में इस विचार को प्रकट करने के लिये एक इस्तिलाह (अर्थात पारिभाषिक) पद ' बिल कैफ़ ' (अर्थात , कैसे , क्यों प्रश्न किए बिना) का प्रयोग किया गया है जिसका अभिप्राय है कि कुछ रहस्य ऐसे हैं जिनको मनुष्य का विवेक समझ नहीं सकता । मनुष्य उन रहस्यों को जैसे वे हैं , स्वीकार कर ले । २ अल्लाह के एक गुण ' वचन ' को ही लीजिए । अल्लाह ने हज़रत मूसा , एवं हज़रत मोहम्मद से बातचीत की । क्या यह वचन अनादि गुण है जिसका प्रकटीकरण स्थान एवं काल के बंधन में हुआ ? यदि क़ुरान अल्लाह का वचन है तो क्या उसकी रचना की गई है अथवा वह अरचित है ? मोतजिला का मत यह था कि क़ुरमान रचित है । मोतजिला विचारधारा का मत है कि अल्लाह ने हजरत मोहम्मद के मन में केवल विचार डाले थे , इसलिये क़ुरान सृजित है और उस पर स्वतंत्र रूप से विचार विनियम हो सकता है । परंतु रूढ़िवादी विद्वान इस विचार से सहमत नहीं है । उनका विचार है कि क़ुरआन अनादि है अथवा अरचित है , क्योंकि अल्लाह की वाणी अल्लाह का अनादि गुण है । यह गुण अल्लाह के तत्व या स्वरूप से बाहर है (Outside of His Essence) है । इस संक्षिप्त चचा से यह निष्कर्ष निकलता है कि जो कुछ क़ुरआन में है उसे ' बिल कैफ ' अर्थात कैसे क्यों प्रश्न किए बिना , स्वीकार कर लेना चाहिये । ' प्रेम ' भी अल्लाह का एक गुण है । निसंदेह अल्लाह मनुष्य से प्रेम करता है , लेकिन इस प्रेम का केवल यही तात्पर्य है कि वह मनुष्यों को सब प्रकार के उपहारों , श्राशिषों आदि से सुशो मित करता है , उनकी सब श्रावश्कताओं की पूर्ति करता है । इस समस्त दान में अल्लाह अपने आप को मनुष्य

के लिये नहीं देता (He does not give himself) । यही मूलभूत अंतर है । जो इस्लाम और मसीही धर्म में पाया जाता है । यही कारण है कि बलिदान का विश्वास इस्लाम के लिये अमान्य है । अल्लाह यद्यपि अपने लक्ष्यों , अपने विचारों और अपनी इच्छा को वह्य द्वारा मनुष्य पर प्रकट करता है परन्तु स्वयं वह आदर्श और विवेक से परे सत्ता है ।

+विद्वानों का वह समूह जो स्वतंत्र विचारधारा का समर्थक है । विद्वानों का वह समूह जो रूढ़ि वादी विचारधारा का था । अल अम्ररी हई ईस्वी में पैदा हुआ और यह उसका विचार था कि   विश्वास   विवेक   से   श्रेष्ठ   है।

इस्लाम में अल्लाह को हम कोई व्यक्ति नहीं कह सकते , क्योंकि ' व्यक्ति ' शब्द केवल मनुष्य के लिए ही आता है । फिर भी अल्लाह एक व्यक्तित्वसंपन्न (पुरुष) (Personal God) ईश्वर । उसका व्यक्तित्व अद्वितीय है एवं अजन्मा है ।

(ii) सात विशिष्ट गुण - मुस्लिम विद्वानों ने अल्लाह के सात गुणों का विशेष रूप से उल्लेख किया है । ये गुण महत्वपूर्ण हैं और अल्लाह की सत्ता और उसके ऐक्य की भांति इन गुणों पर भी विश्वास लाना आवश्यक है । ये गुण निम्नलिखित हैं :

हयात (जीवन)

अल्लाह जीवित है और केवल वही आराधना के योग्य है । उसका कोई साथी एवं भागीदार नहीं । उसके स्वरूप में कोई त्रुटि या दोष नहीं । उसे किसी ने जन्म नहीं दिया न वह किसी को जन्म देता है , वह अदृश्य है । उसका कोई प्राकार - प्रकार , रंग - रूप नहीं । न तो वह कट सकता है , न विभाजित हो सकता है । उसके अस्तित्व का न कोई प्रारम्भ है और न ही अन्त । वह अपरिवर्त नीय है । वह चाहे तो एक क्षण में समस्त सृष्टि का विध्वंस कर दे और चाहे तो एक क्षण में पुन : उसका निर्माण कर दे । यह सब कुछ उसके लिये असम्भव नहीं । मक्खी को पैदा करना और सात आकाशों का निर्माण करना उसके लिये समान है । जो कुछ घटता है उससे उसे न कोई लाभ है और न कोई हानि होती है । यदि काफ़िर उस पर विश्वास लाए और संयम नियम का पालन करने वाला हो जाए तो उसे कुछ लाभ नहीं । इसी प्रकार यदि सब मोमिन काफ़िर हो जाएं तो उसे कोई हानि नहीं होती ।

इल्म (ज्ञान)

ज्ञान का अर्थ है जानना । अर्थात अल्लाह को प्रकाश और पृथ्वी की समस्त वस्तुओं का ज्ञान है । उसके ज्ञान से कोई वस्तु चाहे वह छोटी हो चाहे बड़ी , बाहर नहीं । उसे कण - कण का ज्ञान है । वह प्रत्येक वस्तु को उसके प्रारम्भ से पूर्व और समाप्ति के पश्चात भी जानता है । मनुष्य के हृदय में जो विचार आते हैं वह अल्लाह के ज्ञान में है । इल्मे गैब (रहस्य का ज्ञान परोक्ष विद्या) अल्लाह का विशेष गुण है । उसका ज्ञान अनादि है । वह भूल और त्रुटि से मुक्त है ।

कुदरत (सामर्थ्य)

सामर्थ्य का अर्थ है बल , अर्थात अल्लाह विश्व की रचना करने , उसे स्थिर रखने और नाश करने तथा पुनः अस्तित्व में लाने का सामर्थ्य रखता है । किसी व्यक्ति को क्षण में पूर्व से पश्चिम और पश्चिम से पूर्व या सातवें श्रासमान तक पहुंचा देने में सक्षम है । उसका सामर्थ्य अनादि और अनंत है।

इरादा (संकल्प)

इरादे का अर्थ है अपने अधिकार से काम करना । अल्लाह जिस वस्तु को चाहता है अपने अधिकार से अस्तित्व में लाता है और जिस को चाहता है अपने अधिकार से नष्ट कर देता है । संसार की समस्त वस्तुएं उसके अधिकार में हैं और उसके संकल्प से अस्तित्व में आती हैं । वह किसी कार्य के लिए विवश नहीं । हर अच्छी और बुरी वस्तु इस संसार में उसी की इच्छा से है और जो कुछ हम करते हैं , वह उसी की इच्छा से होता है । यदि कोई यह कहे कि अल्लाह क्यों सब के सब मनुष्यों को ईमानदार नहीं बना देता तो इसका यह उत्तर दिया जाता है कि उसके सब कार्य और संकल्प मनुष्य की समझ से परे हैं , वह जो चाहे करे । वह स्वेच्छाचारी है , स्वाधीन है । अल्लाह का यह गुण भी अनादि है ।

समआ (श्रवण)

समआ का अर्थ है ' सुनना ' । यद्यपि प्राणियों की भांति अल्लाह के कान नहीं है फिर भी वह सब बातों को सुनता है । वह हल्की से हल्की आवाज को सुन लेता है । उसके समक्ष निकटता और दूरी में कोई अन्तर नहीं ।

बसर (देखना)

बसर का अर्थ है ' देखना ' । सब वस्तुएं अल्लाह की दृष्टि में हैं । परन्तु प्राणियों की भांति उसकी आंखें नहीं । जिस प्रकार उसके कानों का कोई आकार प्रकार नहीं है उसी प्रकार उसकी ग्रांखों का भी कोई आकार अथवा रूप नहीं है । वह छोटी से छोटी चीज को देखता है और उसके देखने में अन्वेरा या उजाला बाधक नहीं बनता । अंधकार में काली चींटी का काले पत्थर पर चलना उसकी दृष्टि से प्रोझल नहीं है ।

कलाम (वचन)

कलाम का अर्थ है ' बात करना ' । अल्लाह का यह गुण भी अनादि है और परिपूर्ण है । प्राणियों की भांति उसके जिह्वा नहीं है और न ही वाणी के लिए वह जिह्वा पर आधारित है । वह मूसा से बोला और उसने शबे म'राज +' में हजरत मोहम्मद से बात चीत की । वह जिब्राइल दूत द्वारा लोगों से बातचीत करता है और विशेष कर नबियों को अपने संकल्प से सवेत करता है । कुरआन अल्लाह का वचन है , अनादि एवं भरचित है , श्रपौरुषेय है ।

(iii) मानवीय गुण - कुरआन मजीद में अल्लाह के कुछ ऐसे गुणों का भी उल्लेख है । जिनके लिए शरीर का होना आवश्यक है । प्रायः ये ऐसे गुण हैं जो देहधारी प्राणियों में ही '

+शबे म'राज - रवायत है कि हजरत मोहम्मद एक रात प्रत्यक्षरूपेण सफेद घोड़े की पीठ पर बैठ सातवें प्रासमान पर ले जाए गए जहां उन्होंने अल्लाह के दर्शन किए । इस रात को शबे मराज कहते हैं ।

और विशेष कर मनुष्य में ही पाए जाते हैं । उदाहरणार्थ , अल्लाह के बैठने के लिये एक सिंहासन उसके हाथ हैं , उसकी आंखें भी हैं । उसके प्रान्न का भी उल्लेख कुरआन में आता है । मुस्लिम विद्वान इन गुणों के प्रति कुछ टीका टिप्पणी करने पर मौन हैं , केवल यही कहकर चर्चा समाप्त कर देते हैं कि अल्लाह के इन गुणों को जैसा कि कुरआन में उल्लेख है हमें बिना सन्देह स्वीकार कर लेना चाहिए और इनको वाद - विवाद का विषय नहीं बनाना चाहिए । कुछ विद्वानों ने विशेष कर जो मोतजिला विचारधारा को मानते हैं इन गुणों को जैसे , देखना , सुनना , बोलना आदि को मानने से इन्कार कर दिया है , क्योंकि इन गुणों के लिए शरीर की आवश्यकता है मौर अल्लाह देहधारी नहीं है । इन विचारकों ने ' अल्लाह के हाथ ' की व्याख्या करते हुए लिखा है कि यह कोई शारीरिक अंग नहीं , परन्तु इसका अभिप्राय है कि अल्लाह सामर्थ्य वाला है या वह बड़ा कृपालु है । हमें ऐसे शब्दों का शब्दार्थ न लेते हुए भावार्थ लेना चाहिए ।

(iv   )   सृष्टिकर्ता   -

यह सृष्टि अल्लाह की कृति है । अल्लाह के कार्यों का अनुमान इस सृष्टि पर विचार करने से लगाया जा सकता है । प्रकृति और प्रकृति की समस्त वस्तुओं को चिन्ह (आयात) कहा गया है । इन चिन्हों पर दृष्टिपात करने से हमारा ध्यान स्रष्टा पर जाता है । इस्लामी दर्शन कार्य - कारणतावाद को न मानकर इस विश्वास को मानता है कि प्रारम्भ में यह संसार न था । अल्लाह के आदेश से यह अस्तित्व में आया । सृष्टि से क्या कोई अल्लाह के लक्ष्य की पूर्ति होती है ? इसके उत्तर में मुस्लिम विद्वानों का विचार है कि अल्लाह ने अपनी सामर्थ्य और पालन - क्रिया को प्रकट करने के लिए इस सृष्टि की रचना की । एक हदीस में उल्लेख है कि अल्लाह एक अदृश्य भण्डार था । उसने चाहा कि सृष्टि हो और वह हो गई । यह धारणा बहुत ग्रंशों में यहूदियों के ईश्वर की धारणा से जो पुराने नियम में पाई जाती है मिलती जुलती है । परन्तु ईश्वर की वह धारणा जो हमें नये नियम (इंजील) में मिलती है वह इस्लामी धारणा से इस बात में भिन्न है कि मनुष्य और ईश्वर के मध्य कोई दूरी अथवा खाई नहीं । ईश्वर अपने अगाध प्रेम में अपने स्वरूप को मनुष्य पर प्रकट कर देता है , जबकि इस्लामी धारणा के अनुसार अल्लाह एक स्वामी , एक मालिक बना रहता है , और मनुष्य इस स्वामी का सेवक बना रहता है । मनुष्य बन्दे के पद से ऊपर नहीं उठ सकता । मनुष्य अपने अल्लाह के निकट कितना ही क्यों न हो , और अल्लाह अपने बन्दे के निकट कितना ही क्यों न हो , वह अल्लाह को न जान सकता है और न समझ सकता है । इस्लाम में केवल स्वामी - सेवक संबंध है , सेवक के हक में स्तुति का भाव है , सखा का भाव   नहीं   ।

संदर्भ- इस्लाम एक परिचय, लेखक—साम.वहीं.भजन, बेंजामिन खान।

अल्लाह शब्द का इतिहास

प्री-इस्लामिक अरब में धर्म अल्लाह शब्द के क्षेत्रीय संस्करण बुतपरस्त और ईसाई पूर्व-इस्लामिक दोनों शिलालेखों में पाए जाते हैं। पूर्व-इस्लामिक बहुदेववादी पंथों में अल्लाह की भूमिका के संबंध में विभिन्न सिद्धांत प्रस्तावित किए गए हैं। इस्लामिक विद्वान इब्न कथिर के अनुसार, अरब मूर्तिपूजकों ने अल्लाह को एक अदृश्य ईश्वर के रूप में माना, जिसने ब्रह्मांड को बनाया और नियंत्रित किया। पगानों का मानना था कि मनुष्यों या जानवरों की पूजा करना जिनके जीवन में भाग्यशाली घटनाएं थीं, उन्हें भगवान के करीब लाया। पूर्व-इस्लामिक मक्कन अल्लाह की पूजा कम देवताओं के एक मेजबान के साथ करते थे और जिन्हें वे "अल्लाह की बेटियाँ" कहते थे।

इस्लाम ने ईश्वर के अलावा किसी और चीज़ की पूजा करने से मना किया था। कुछ लेखकों ने सुझाव दिया है कि बहुदेववादी अरबों ने इस नाम का उपयोग एक निर्माता भगवान या उनके देवता के सर्वोच्च देवता के संदर्भ में किया था। मक्का धर्म में यह शब्द अस्पष्ट हो सकता है।

एक परिकल्पना के अनुसार, जो जूलियस वेलहौसेन तक जाती है, अल्लाह (कुरैश के आसपास के आदिवासी संघ के सर्वोच्च देवता) एक पदनाम था जिसने अन्य देवताओं पर हुबल (कुरैश के सर्वोच्च देवता) की श्रेष्ठता को प्रतिष्ठित किया। हालाँकि, इस बात के भी प्रमाण हैं कि अल्लाह और हुबल दो अलग-अलग देवता थे। उस परिकल्पना के अनुसार, काबा को पहले अल्लाह नाम के एक सर्वोच्च देवता के रूप में प्रतिष्ठित किया गया था और फिर मुहम्मद के समय से लगभग एक सदी पहले, मक्का पर उनकी विजय के बाद कुरैश के देवालय की मेजबानी की थी। कुछ शिलालेख सदियों पहले एक बहुदेववादी देवता के नाम के रूप में अल्लाह के उपयोग का संकेत देते प्रतीत होते हैं, लेकिन इस उपयोग के बारे में सटीक रूप से कुछ भी ज्ञात नहीं है। कुछ विद्वानों ने सुझाव दिया है कि अल्लाह एक दूरस्थ निर्माता भगवान का प्रतिनिधित्व कर सकता है जो धीरे-धीरे अधिक विशिष्ट स्थानीय देवताओं द्वारा ग्रहण किया गया था। इस बात पर असहमति है कि क्या मक्का के धार्मिक पंथ में अल्लाह ने प्रमुख भूमिका निभाई थी। अल्लाह का कोई प्रतिष्ठित प्रतिनिधित्व मौजूद नहीं है। मक्का में अल्लाह ही एकमात्र ऐसा देवता है जिसकी कोई मूर्ति नहीं है। मुहम्मद के पिता का नाम 'अब्द-अल्लाह' था जिसका अर्थ है "अल्लाह का दास"।

1
2
3
4
5
6
7

"अल्लाह" शब्द बनाने वाले अरबी घटक:

1-अलिफ़

2-हमज़त वाल (همزة وصل)

3-लाम

4-लाम

5-शाड्डा (شدة)

6-डैगर अलीफ (ألف خنجرية)

7- हा

अल्लाह शब्द की व्युत्पत्ति

अल्लाह शब्द की व्युत्पत्ति पर शास्त्रीय अरब भाषाविदों द्वारा व्यापक रूप से चर्चा की गई है। बसरा स्कूल के व्याकरणविदों ने इसे या तो "स्वाभाविक रूप से" (मुर्तजल) या लाह के निश्चित रूप के रूप में माना है (मौखिक मूल लिह से "बुलंद" या "छुपा" के अर्थ के साथ)। अन्य लोगों का मानना था कि इसे सिरिएक या हिब्रू से उधार लिया गया था, लेकिन ज्यादातर इसे अरबी निश्चित लेख अल- "द" और इलाह "देवता, भगवान" से अल-लाह अर्थ "देवता", या "के संकुचन से प्राप्त माना जाता है" भगवान". अधिकांश आधुनिक विद्वान बाद वाले सिद्धांत का समर्थन करते हैं, और लोनवर्ड परिकल्पना को संदेह के साथ देखते हैं।

"अल्लाह" नाम के संजातीय शब्द हिब्रू और अरामाईक सहित अन्य सेमिटिक भाषाओं में मौजूद हैं। तदनुरूपी अरामाईक रूप एला (ה'לא) है, लेकिन इसकी सशक्त अवस्था इलाहा (אה'לא) है। इसे बाइबिल अरामाईक में ܐܱ݈ܠܳܗܳܐ (ʼĒlāhā) और सिरिएक में ܐܰܠܳܗܳܐ (ʼAlâhâ) के रूप में लिखा गया है, दोनों का अर्थ केवल "भगवान" है।

अल्लाह (सुनो)) ईश्वर के लिए सामान्य अरबी शब्द है। अंग्रेजी भाषा में, शब्द आम तौर पर इस्लाम में भगवान को संदर्भित करता है। माना जाता है कि यह शब्द अल-इलाह से संकुचन द्वारा लिया गया है, जिसका अर्थ है "भगवान", और भाषाई रूप से अरामाईक शब्द एला और सिरिएक ܐܰܠܳܗܳܐ (ʼAlāhā) और हिब्रू शब्द एल (एलोहीम) भगवान के लिए संबंधित है। अल्लाह का स्त्री रूप अल्लात शब्द माना जाता है।

अरबी सुलेख में 'अल्लाह' शब्द

अल्लाह शब्द का इस्तेमाल विभिन्न धर्मों के अरबी लोगों द्वारा पूर्व-इस्लामिक काल से किया जाता रहा है। पूर्व-इस्लामिक अरब अन्य छोटे देवताओं के साथ एक सर्वोच्च देवता की पूजा करते थे जिसे वे अल्लाह कहते थे। मुहम्मद ने ईश्वर की इस्लामी अवधारणा को दर्शाने के लिए अल्लाह शब्द का प्रयोग किया। अल्लाह को मुसलमानों (अरब और गैर-अरब दोनों) और यहां तक कि अरब ईसाइयों द्वारा भगवान के लिए एक शब्द के रूप में इस्तेमाल किया गया है, "अल-इलाह" और "अल्लाह" शब्द के बाद बहुसंख्यक अरबों द्वारा शास्त्रीय अरबी में एक दूसरे के लिए इस्तेमाल किया गया था। मुसलमान हो गए थे। यह अक्सर, हालांकि विशेष रूप से नहीं, इस तरह से बाबिस्ट, बहाई, मांडियन, इंडोनेशियाई और माल्टीज़ ईसाई, और सेफ़र्दी यहूदी, और साथ ही गागुज़ लोगों द्वारा उपयोग किया जाता है। पश्चिम मलेशिया में ईसाइयों और सिखों द्वारा इसी तरह के उपयोग ने हाल ही में राजनीतिक और कानूनी विवादों को जन्म दिया है।

हालांकि शाहदा के दो बयान कुरान में मौजूद हैं (उदाहरण के लिए, 37:35 और 48:29), वे वहां साथ-साथ नहीं पाए जाते हैं जैसा कि शाहदा सूत्र में है, लेकिन हदीसों में मौजूद हैं। दोनों वाक्यांशों के संस्करण सातवीं शताब्दी के अंत में सिक्कों और स्मारकीय वास्तुकला में दिखाई देने लगे, जो बताता है कि तब तक यह आधिकारिक रूप से विश्वास के एक अनुष्ठानिक बयान के रूप में स्थापित नहीं हुआ था। यरुशलम में डोम ऑफ द रॉक (स्था. 692) में एक शिलालेख में लिखा है: "कोई देवता नहीं है, लेकिन अकेला भगवान है; उसके साथ उसका कोई साथी नहीं है; मुहम्मद ईश्वर के दूत हैं"। पांचवें उमय्यद ख़लीफ़ा, अब्द अल-मलिक इब्न मारवान के शासनकाल के बाद ढाले गए सिक्कों में एक और संस्करण दिखाई देता है: "मुहम्मद ईश्वर के सेवक और उनके दूत हैं"। हालांकि यह स्पष्ट नहीं है कि शाहादा पहली बार मुसलमानों के बीच आम उपयोग में कब आया, यह स्पष्ट है कि यह जिन भावनाओं को व्यक्त करता है वे प्रारंभिक काल से कुरान और इस्लामी सिद्धांत का हिस्सा थे।

इस्लामी देश के राष्ट्रीय झंडे में अल्लाह शब्द का उपयोग–

सोवियत शासन के तहत, संघ गणराज्य - जो अब आधुनिक उज़्बेकिस्तान में स्थित है - ने सोवियत संघ के ध्वज से प्राप्त एक ध्वज का उपयोग किया और साम्यवाद का प्रतिनिधित्व किया, जिसे 1952 में अनुमोदित किया गया था। ध्वज सोवियत डिजाइन के समान है लेकिन 1/5 चौड़ाई में नीली पट्टी और बीच में दो 1/100 सफेद किनारों के साथ।

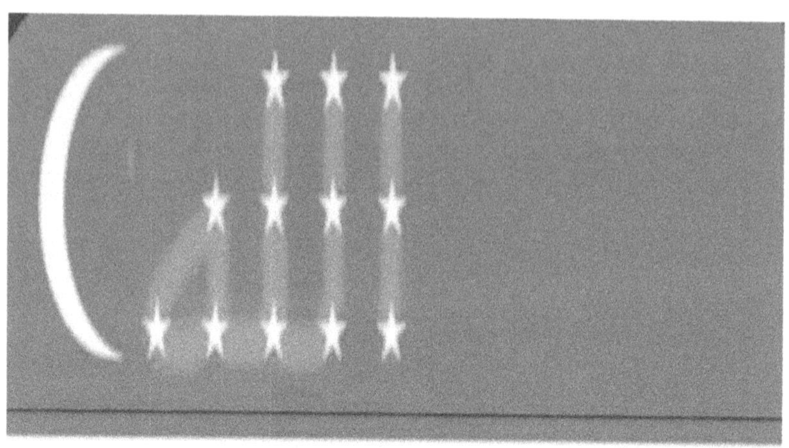

सोवियत संघ के विघटन से लगभग तीन महीने पहले, 1 सितंबर 1991 को उज्बेकिस्तान ने खुद को स्वतंत्र घोषित कर दिया। इसके तुरंत बाद राष्ट्रीय ध्वज की खोज शुरू हुई, जिसमें नए डिजाइन को निर्धारित करने के लिए एक प्रतियोगिता आयोजित की गई. 200 से अधिक प्रस्तुतियाँ की गईं, और विभिन्न हितधारकों से आने वाले इन सुझावों का मूल्यांकन करने के लिए एक आयोग का गठन किया गया। उज़्बेक सुप्रीम सोवियत के एक असाधारण सत्र में चुने जाने के बाद विजेता डिज़ाइन को 18 नवंबर 1991 को अपनाया गया था,. ऐसा करने में, उज़्बेकिस्तान मध्य एशिया में नया झंडा चुनने वाला पहला स्वतंत्र गणराज्य बन गया। नीले, सफेद और हरे रंग की क्षैतिज पट्टियों के अपने तिरंगे संयोजन के संबंध में, यह लेसोथो के झंडे के समान है, जो दक्षिण अफ्रीका की सीमा के भीतर एक संलग्न देश है, और पंटलैंड, हॉर्न की नोक पर एक सोमाली संघीय राज्य है।

الله أكبر

'अल्लाहु अकबरु' (الله أكبر), जिसका अर्थ है "भगवान सबसे महान हैं"।

यह एक सामान्य अरबी अभिव्यक्ति है, जिसका उपयोग दुनिया भर के मुसलमानों और अरबों द्वारा विभिन्न संदर्भों में किया जाता है: औपचारिक सलाह (प्रार्थना) में, अदन में (इस्लामी प्रार्थना के लिए आह्वान), हज में, अनौपचारिक अभिव्यक्ति के रूप में विश्वास, संकट या खुशी के समय में, या दृढ़ निश्चय या अवज्ञा व्यक्त करने के लिए। वाक्यांश का प्रयोग अरब ईसाइयों द्वारा भी किया जाता है।

तफ्सीर पवित्र कुरआन की

तफ्सीर सनाई
मौलाना सनाउल्लाह अमृतसरी रह॰

सूरत इखलास

ऐ रसूल, उन लोगों से मत डरो जो दुश्मन हैं, बल्कि लोगों को अपनी सही शिक्षा के बारे में बताओ, और कहो, "भाइयों, मेरी शिक्षा को अपने दिल से सुनो। मुद्दा यह है कि अल्लाह सार और गुणों में एक है, और है उसके सार के समान कोई सार नहीं है, न ही उसके गुण।" किसी के गुणों के बावजूद, अल्लाह अपने प्राकृतिक कार्यों में प्रत्येक प्राणी के प्रति उदासीन और असंबद्ध है। उनका कोई भी काम किसी तक सीमित नहीं है, न तो वे किसी को जानते थे और न ही उन्हें कोई जानता था। अर्थात वह किसी का पिता नहीं है, न ही उसका जन्म हुआ है, न ही उसकी जाति समुदाय का कोई अन्य जीवनसाथी है।

सूरत ताहा 20, आयत 14

मैंने आपको सृष्टि का मार्गदर्शन करने के लिए चुना है, इसलिए उस समय और उसके बाद आपको जो भी

प्रेरणा और रहस्योद्घाटन दिया जाता है उसे सुनें। मेरे अलावा कोई भगवान नहीं है, इसलिए आपको केवल मेरी

पूजा करनी चाहिए। पूजा की विधि यह है सामान्य तौर पर, आपको हर समय मीर अधिकार का पाठ करना चाहिए। सावधान रहें, क्योंकि

न्याय का समय आ रहा है, जिसे मैं जल्द ही प्रकट करूंगा ताकि कमाए गए हर पैसे का इनाम दिया जाएगा, इसलिए अविश्वासी लोग जो इस घंटे पर विश्वास नहीं करते हैं और हैं आत्मा की वासनाओं के पीछे, तुम्हें भी इस घड़ी पर विश्वास करना चाहिए। इसे मत रोको, अन्यथा तुम भी भटक जाओगे और नष्ट हो जाओगे। खैर, यह मामला तय हो गया, हे

मूसा, अब मुझे बताओ कि तुम्हारे दाहिने हाथ में क्या है। उन्होंने कहा, "यह मेरी छड़ी (लकड़ी) है जिस पर मैं घर पर झुकता था और अपनी भेड़ों के लिए पत्ते झाड़ता था। इसके अलावा इतना लंबा भाषण देने से मुझे कई अन्य फायदे भी होते हैं।" अपनी आवश्यकता व्यक्त करना था. कहीं ऐसा न हो कि उसे फेंक देने का हुक्म हो, तो ईश्वर ने कहा, "ऐ मूसा, इसे फेंक दो, कोई शक्ति का चमत्कार

दिखाओ।" तो मूसा ने सुनते ही उसे फेंक दिया और अचानक वह भाग गया। यह हालत देखकर , वह डर गया। ईश्वर ने कहा, "ऐ मूसा, इसे पकड़ लो और डरो मत। यह मत सोचो कि इससे तुम्हें कोई पीड़ा होगी। हम इसका पहला रूप और स्थिति लाएंगे।"

यानी जब यह आपके हाथ में आएगा तो लकड़ी बनकर रह जाएगा और देखिए कराची बाग के अंदर हाथ डाल दीजिए. अतः छुपाने के दोनों अर्थ (छिपाना और प्रकट करना) आते हैं। पिछले अर्थ यहाँ (मुंह) उपयुक्त हैं।

सूरह नहल 16, आयत 40

जब हम कुछ करना चाहते हैं, तो हमारे लिए यही काफी है यह कहना कि यह हो गया, और यह हो गया। उसके उल्लंघन के लिए कोई जगह नहीं है। जिन लोगों ने इस मामले पर विचार किया है और अपने दिलों पर भगवान की शक्ति और महिमा का प्रभाव

महसूस किया है, वे तुरंत आज्ञा का पालन करते हैं, चाहे प्राणियों द्वारा उन्हें कितने भी झटके क्यों न दिए जाएं। लेकिन वे अपनी बात पर अड़े रहते हैं. ऐसे लोगों का मिलना संभव नहीं है, भगवान भी उनकी सहायता करते

हैं। यही कारण है कि जो लोग अत्याचारियों से पीड़ित होकर धर्म की रक्षा करके अपने वतन की ओर प्रस्थान करते हैं, हम (भगवान) उन्हें अपने यहाँ अच्छी जगह देंगे दुनिया और आख़िरत में। अगर उन्हें कुछ

मालूम होता तो इनाम और सवाब बहुत बड़ा है उदाहरण के लिए, अबू बक्र सिद्दीकी, अल्लाह उस पर प्रसन्न हो सकता है, ने फ़फ़ाहम और वान मिन अल-ग़फ़िलन को अंतिम स्थान का विवरण दिया।

तफ्सीर इब्ने कसीर

सूरा इखलास 112, आयत 1

 इकरीमा ने कहा, "कब

- यहूदियों ने कहा, 'हम अल्लाह के बेटे उज़ैर की पूजा करते हैं,' और

- ईसाइयों ने कहा, 'हम अल्लाह के बेटे मसीहा (ईसा) की पूजा करते हैं,' और

- पारसी लोगों ने कहा, 'हम सूर्य और चंद्रमा की पूजा करते हैं,' और

- मूर्तिपूजकों ने कहा, 'हम मूर्तियों की पूजा करते हैं,'

 अल्लाह ने अपने रसूल पर प्रकाश डाला,

 कहो: "वह अल्लाह, एक है।"

अर्थ,

- वह एक है, एकमात्र है,

- जिसका कोई साथी न हो,

- कोई सहायक नहीं, कोई प्रतिद्वंद्वी नहीं,

- उसके बराबर और कोई तुलनीय नहीं।

 इस शब्द (अल-अहद) का इस्तेमाल शक्तिशाली और राजसी अल्लाह के अलावा किसी के लिए नहीं किया जा सकता, क्योंकि वह अपने सभी गुणों और कार्यों में परिपूर्ण है।

अल्लाह अस-समद,

इकरीमा ने बताया कि इब्न अब्बास ने कहा,

"इसका मतलब वह है जिस पर सारी सृष्टि अपनी जरूरतों और अनुरोधों के लिए निर्भर करती है।"

अली बिन अबी तलहा ने इब्न अब्बास से रिपोर्ट की, - "वह स्वामी है जो अपनी संप्रभुता में परिपूर्ण है, - सबसे महान व्यक्ति जो अपने बड़प्पन में परिपूर्ण है, - सबसे शानदार जो अपनी भव्यता में परिपूर्ण है, - सबसे सहनशील जो अपनी सहनशीलता में परिपूर्ण है, - सर्वज्ञ जो अपने ज्ञान में परिपूर्ण है, और - सबसे बुद्धिमान जो अपनी बुद्धि में परिपूर्ण है।

 - वह वह है जो बड़प्पन और अधिकार के सभी पहलुओं में परिपूर्ण है।

वह अल्लाह है, उसकी महिमा हो। ये गुण उसके अलावा किसी अन्य के लिए उपयुक्त नहीं हैं। उसकी कोई बराबरी नहीं है और कोई भी उसके जैसा नहीं है। अल्लाह की जय हो, एक, अनूठा।"

अल-अमाश ने शाक़िक से रिपोर्ट की, जिन्होंने कहा कि अबू वैल ने कहा,

" الصَّمَدُ

अस-समद, वह स्वामी है जिसका नियंत्रण पूर्ण है।"

 अल्लाह बच्चे पैदा करने और पैदा करने से ऊपर है

वह न तो पैदा हुआ, न ही वह पैदा हुआ था।

मतलब, उसकी कोई संतान, माता-पिता या जीवनसाथी नहीं है।

और उसके तुल्य कोई नहीं है।

मुजाहिद ने कहा,

(और उसके तुलनीय कोई नहीं है),

"इसका मतलब है कि उसका कोई जीवनसाथी नहीं है।"

यह वैसा ही है जैसा अल्लाह कहता है,

वह आकाशों और धरती का रचयिता है। जब उसकी कोई पत्नी नहीं है तो उसके बच्चे कैसे हो सकते हैं, उसने सभी चीजें बनाईं। (6:101)

मतलब, वह हर चीज़ का मालिक है और उसने ही सब कुछ बनाया है। तो उसके प्राणियों में उसका कोई सहकर्मी कैसे हो सकता है जो उसके बराबर हो सकता है, या कोई रिश्तेदार जो उसके जैसा हो सकता है। अल्लाह ऐसी चीज़ से महिमावान, महान और बहुत दूर है।

अल्लाह कहता है,

और वे कहते हैं: अर-रहमान ने एक पुत्र को जन्म दिया है। सचमुच तू ने बड़ी बुरी बात निकाली है। जिससे आकाश लगभग फट गया, और पृथ्वी टुकड़े-टुकड़े हो गई, और पहाड़ खण्डहर हो गए, कि उन्होंने अर-रहमान को एक पुत्र ठहराया। लेकिन अर-रहमान के लिए ये मुनासिब नहीं कि वो बेटा पैदा करें.

आसमानों और ज़मीन में कोई नहीं बल्कि अर-रहमान के पास गुलाम बनकर आता है। वास्तव में, वह उनमें से हर एक को जानता है, और उसने उन्हें पूरा गिन लिया है। और वे सब क़यामत के दिन अकेले उसके पास आएँगे। (19:88-95)

और अल्लाह कहता है,

और देखें ذٌ مُّكْرَمُونَ

और देखें और वे कहते हैं:

"अर-रहमान ने एक बेटे को जन्म दिया है। उसकी महिमा! वे सम्मानित सेवक हैं। वे तब तक नहीं बोलते जब तक वह नहीं बोलता, और वे उसके आदेश पर कार्य करते हैं। (21:26-27)

अल्लाह भी कहता है,

और उन्होंने उसके और जिन्न के बीच रिश्तेदारी का आविष्कार किया है, लेकिन जिन्न अच्छी तरह से जानते हैं कि उन्हें वास्तव में उसके सामने आना होगा।

अल्लाह की महिमा है! (वह स्वतंत्र है) उससे जो कुछ वे उसे कहते हैं! (37:158-159)

साहिह अल-बुखारी में, यह दर्ज है कि पैगंबर ने कहा,

अल्लाह से अधिक कोई हानिकारक चीज़ सुनने में धैर्य रखने वाला नहीं है। वे उसके लिए एक पुत्र का गुणगान करते हैं, जबकि वही उन्हें जीविका देता है और उन्हें स्वस्थ करता है।

अल-बुखारी ने अबू हुरैरा से यह भी दर्ज किया कि पैगंबर ने कहा,

अल्लाह सर्वशक्तिमान और राजसी कहता है,

"आदम का बेटा मेरा इन्कार करता है और उसे ऐसा करने का कोई अधिकार नहीं है।"

और वह मुझे गाली देता है और उसे ऐसा करने का कोई अधिकार नहीं है।

मेरे इन्कार के सन्दर्भ में, यह उनका कहना है: 'वह (अल्लाह) मुझे कभी दोबारा नहीं बनायेगा जैसे उसने मुझे पहले बनाया था।' लेकिन उसकी पुनर्रचना उसकी मूल रचना से भी आसान है.

जहाँ तक उसके मुझे शाप देने का प्रश्न है, तो यह उसका कहना है: 'अल्लाह ने एक बेटा ले लिया है।'

लेकिन मैं एक हूं, आत्मनिर्भर स्वामी। मैं न तो जन्म देता हूं, न ही मैं पैदा हुआ हूं और मेरे तुल्य कोई नहीं है।"

यह सूरह अल-इखलास की तफ़सीर का अंत है, और सभी प्रशंसा और आशीर्वाद अल्लाह के लिए हैं।

अल्लाह एक टिप्पणी

बाइबिल में, भगवान को अक्सर दो नामों से पुकारा जाता है, अर्थात् 'एल' (और इसका अधिक सामान्य रूप से इस्तेमाल किया जाने वाला बहुवचन रूप, 'एलोहीम) और यहोवा (YHWH, येहोवा या याहवे)। यहूदी, ईश्वर के प्रति बहुत आदरणीय होने के कारण, बाद वाले का उच्चारण नहीं करते हैं, और कई बाइबिल अनुवाद बाद वाले नाम का अनुवाद करने के लिए भगवान के अनुवाद उपकरण (सभी बड़े अक्षरों में) का उपयोग करते हैं। जब मूसा ने भगवान का नाम पूछा, तो भगवान ने खुद को "मैं वह हूं जो मैं हूं" (हया हया) बताया:

और मूसा ने परमेश्वर से कहा, देख, मैं इस्राएलियोंके पास आकर उन से कहूंगा, तुम्हारे पितरोंके परमेश्वर ने मुझे तुम्हारे पास भेजा है; और वे मुझ से पूछेंगे, उसका नाम क्या है? मैं उनसे क्या कहूँ? और परमेश्वर (एलोहीम) ने मूसा से कहा, मैं वही हूं जो मैं हूं (हयाह हयाह): और उसने कहा, तू इस्राएल के बच्चों से यों कहना, कि मैं ने ही मुझे तुम्हारे पास भेजा है। और परमेश्वर (एलोहीम) ने मूसा से कहा, तू इस्त्राएलियों से यों कह, कि यहोवा तुम्हारे पितरोंका परमेश्वर है, इब्राहीम का परमेश्वर है, परमेश्वर है। इसहाक के, और याकूब के परमेश्वर (एलोहीम) ने मुझे तुम्हारे पास भेजा है; सदा तक मेरा नाम यही रहेगा, और पीढ़ी पीढ़ी तक मेरा स्मरण इसी से होगा। (निर्गमन 3:13-15, केजेवी),

बाद में, उसने मूसा को फिर से बताया:

और मैं सर्वशक्तिमान परमेश्वर के नाम से इब्राहीम, इसहाक, और याकूब को दर्शन देता था, परन्तु यहोवा नाम से मैं उन्हें न जानता था। (निर्गमन 6:3, केजेवी),

कुछ शोधकर्ताओं ने अल्लाह को इस्लाम के आगमन से पहले बुतपरस्त अरबों के चंद्रमा-देवता से जोड़ा है जो संभवतः गलत है। हालाँकि, एक सहमति स्पष्ट है: "अल्लाह" नाम अरबों के लिए अपरिचित नहीं है। निम्नलिखित अत्यंत असमान अधिकार वाले कथनों की सूची है।

* अल्लाह के गुणों में बिना शरीर का अस्तित्व, बिना आरंभ, बिना अंत, स्व-निर्वाह, सृष्टि में किसी भी चीज़ से समानता न होना, एकता, भोजन, आत्मा, शरीर, वायु और रक्त के बिना जीवन, इच्छा (पूर्वनियति), शक्ति, ज्ञान शामिल हैं। , कान या अंग के बिना सुनना, आंखों, प्रकाश या अंग के बिना देखना, अल-कलाम (ध्वनियों, अक्षरों और भाषाओं के बिना भाषण)। अल्लाह को रंग, चमक, आत्मा, छवि, शरीर, आयाम, विश्राम, गति, लिंग, संबंध (बेटा, पत्नी, बहन, भाई, बच्चे) का श्रेय नहीं दिया जाता है। वह एकमात्र रचनाकार

है और उसके अलावा कोई रचनाकार नहीं है। बुराई, अच्छाई, प्रकृति सहित हर चीज़ का निर्माता। अल्लाह के अलावा हर चीज़ बनाई गई है

``अल्लाह का नाम, जैसा कि कुरान स्वयं गवाह है, इस्लाम-पूर्व अरब में प्रसिद्ध था। वास्तव में, यह और इसका स्त्री रूप 'अल्लाट', दोनों ही उत्तरी अरब के शिलालेखों में थियोफोरस नामों के बीच अक्सर पाए जाते हैं।" (आर्थर जेफ़री, इस्लाम: मुहम्मद और उनका धर्म, पृष्ठ 85)।

 * ``अल्लाह' एक उचित नाम है, जो केवल उनके [अरबों] विशिष्ट भगवान पर लागू होता है। (हेस्टिंग्स, इनसाइक्लोपीडिया ऑफ रिलिजन एंड एथिक्स, आई.326)।

 * ``अल्लाह' एक पूर्व-इस्लामिक नाम है...बेबीलोनियाई बेल के अनुरूप।" (पॉल मेघेर, थॉमस ओ' ब्रिन, ईआरई में, आई.117)।

 * ``मुहम्मद के समय से पहले अरब लोग, एक फैशन के अनुसार, 'अल्लाह' नामक एक सर्वोच्च देवता को स्वीकार करते थे और उसकी पूजा करते थे। (इस्लाम का विश्वकोश, I.302)।

 * "'अल्लाह' का नाम इस्लाम-पूर्व अरब के पुरातात्विक और साहित्यिक अवशेषों में भी स्पष्ट है।" (केनेथ क्रैग, द कॉल ऑफ़ द मिनारेट, पृष्ठ 31)।

 * 'अल्लाह' इस्लाम-पूर्व अरबों के लिए जाना जाता था और यह मक्का के देवताओं में से एक था। (एच. गिब, इनसाइक्लोपीडिया ऑफ इस्लाम, आई.46)।अल्लाह का नाम मुहम्मद से पहले का है।" (एंथनी मर्कटांटे, द फैक्ट्स ऑन इंडेक्स, इनसाइक्लोपीडिया ऑफ वर्ल्ड माइथोलॉजी एंड लेजेंड, I.41)

 * "इसलिए यह मानने का कोई कारण नहीं है कि अल्लाह यहूदियों और ईसाइयों से मुसलमानों में आया।" (सीज़र फराह, इस्लाम: विश्वास और अवलोकन, पृष्ठ 28)।

 * अरब में, सूर्य देवता को एक महिला देवी के रूप में और चंद्रमा को पुरुष देवता के रूप में देखा जाता था। चन्द्रदेव का एक नाम अल्लाह बताया गया। (अल्फ्रेड गुइलुएम, इस्लाम, पृष्ठ 7.)

एक मुस्लिम धर्मशास्त्री अहमद दीदात का तर्क है कि बाइबिल में अल्लाह नाम शामिल है। वह स्कोफ़ील्ड बाइबिल में एक फुटनोट का उल्लेख करता है जहां यह कहा गया है कि

ईश्वर के लिए हिब्रू शब्द एलोहीम "एल" (ताकत) और "अल्लाह" (शपथ लेना) से लिया गया है। (ईश्वर)।

मुहम्मद के समय से पहले यह आम उपयोग में था। उनके पिता अब्दुल्ला थे, जिसका अर्थ है "अब्द" (अल्लाह का सेवक)।

~ के 99 सुंदर नाम, अल्लाह के 99 या सुंदर नाम देखें

अल्लाह के 99 नाम जानने पर जन्नत का इनाम, सही बुखारी 3.894 सही बुखारी 8.419

उसके लिए एक दिन है

एक हजार मानव वर्ष, अल-हज 22:47; यथा-सजदा 32:5

 रात के आखिरी तीसरे हिस्से में दुनिया के स्वर्ग में उतरता है, सहीह बुखारी 008.075.333

पचास हजार वर्ष, अल-मअरिज 70:4

ये श्लोक स्वभाव से रूपकात्मक नहीं, बल्कि अत्यंत शाब्दिक प्रतीत होते हैं। अल-हज 22:47 और अस-सजदा 32:5 दोनों कहते हैं कि मनुष्य एक हजार वर्ष की गणना करता है।

 कुछ भी करने की क्षमता, अल-बकराह 2:106,117; अल-इमरान 3:165,189; अल-अनफ़ल 8:41; अत-तौबा 9:116; हूद 11:4; अन-नहल 16:40; अल-मुमीन 40:68; हा मीम सजदा 41:39; राख-शूरा 42:49; अल-हदीद 57:2

अल्लाह अलग-अलग वस्तुओं की कसम खाता है

कुरान में अल्लाह का "मानवरूपी" वर्णन

चेहरा (पी:), अल्लाह का चेहरा (वाईए:), व्यक्ति (एस:), अर-रहमान 55:26-27

अल्लाह की आँखें (YA:, S:), ता हा 20:38-39

अल्लाह का हाथ, अल-फतह 48:10

एक सिंहासन पर बैठा (पी: वाईए:), अल-हदीद 57:4

सभी न्यायाधीशों में सर्वश्रेष्ठ, एट-टिन 95:8

परिभाषा से परे, अज़-ज़ुख़्रुफ़ 43:82; अल-मुल्क 67:12

अविश्वासियों की योजनाओं को शून्य कर देता है, अल-अनफाल 8:30,36

 इंसानों को गायब कर दो और दूसरे प्राणियों को सामने लाओ, अन-निसा' 4:133;
इब्राहीम 14:19; अल-फ़ातिर 35:16

 एक आदमी को एक सदी के लिए मौत की नींद सुला दिया, अल-बकराह 2:259हंसी और
रोने का कारण बनता है, नज्म 53:43

 इंसानों पर क्या बीतेगी, यह तय करता है, अत-तौबा 9:51; अल-हदीद 57:22

रास्ता दिखाता है, लेकिन सभी रास्ते सीधे नहीं होते, an-Nahl 16:9.

पुत्र उत्पन्न नहीं होता, 112

 भालू के लिए शब्द है वलाड, एक जैविक (यानी शारीरिक) जन्म। दूसरे शब्दों में, कुरान
कहता है कि ईश्वर शारीरिक रूप से पुत्र को जन्म नहीं देता है, और ईसाइयों पर ऐसा
विश्वास करने का आरोप लगाया। ईसाइयों ने कभी यह विश्वास नहीं किया कि ईश्वर ने
शारीरिक रूप से (महिलाओं के साथ यौन संबंध बनाकर) यीशु को जन्म दिया। यह ग्रीक
पौराणिक कथा है।

 सत्य का इन्कार करने वालों का शत्रु, अल-बकरा 2:98

बिना जगह के मौजूद है,
 * अल बहाक़ी ने हदीस से संबंधित किया: "आप अध-दहेर हैं (वह जिसका अस्तित्व
प्रमाणों से स्पष्ट है)। इसलिए आपके ऊपर कुछ भी नहीं है। और आप अल-बतिन हैं (वह
जो शारीरिक विशेषताओं के भ्रम से स्पष्ट हैं) . इसलिए आपके नीचे कुछ भी नहीं है।"
तब उन्होंने (अल-बहक़िया) कहा, "हमारे कुछ साथियों ने अल्लाह को स्थानों से मुक्त

करने के लिए उस हदीस को एक प्रमाण के रूप में लिया। यदि उसके ऊपर कुछ भी नहीं है और उसके नीचे कुछ भी नहीं है, तो वह एक स्थान पर नहीं है"।

* अर-रामलिया और अबू मंसूर अल बगदादी ने अली बिन अबी तालेब की उक्ति सुनाई: "अल्लाह बिना किसी स्थान के अनंत काल तक अस्तित्व में था, और अब वह वैसा ही है जैसा वह था।"

* अज़-ज़बिदिया ने अल-इह्या की व्याख्या में बताया: "हे अल्लाह, वह जो गैर-लाभकारी गुणों से स्पष्ट है, आप एक स्थान पर समाहित नहीं हैं।"अबू हनीफा ने अपनी पुस्तक अल-फ़िक़्ह अल-अब्सत में कहा: "अल्लाह का कोई स्थान नहीं है, वह सृष्टि से पहले था, वह किसी भी चीज़ से पहले था और वह हर चीज़ का निर्माता है।" उन्होंने अपनी पुस्तक अल वसीया में यह भी कहा: "वह वह है जो बिना किसी आवश्यकता के सिंहासन को सुरक्षित रखता है। यदि उसे इसकी आवश्यकता होती तो उसने दुनिया का निर्माण नहीं किया होता क्योंकि वह सृष्टि की तरह होता, और यदि वह जगह पर होता सिंहासन बनाने से पहले वह कहाँ बैठा या बसा। बय्यादी ने अबू हनीफा की बात को समझाते हुए कहा कि: "इमाम ने उन लोगों को बुलाया जो कहते हैं कि अल्लाह एक जगह पर मौजूद है।"

* इमाम अल अशरिया ने कहा, "अल्लाह बिना किसी जगह के मौजूद है" जैसा कि अल-बहाक़िया ने अपनी किताब अल-अस्मा' वस-सिफत में बताया है"

* इमाम अबू जाफ़र अत-तहविया (वह सलाफ़ और खलाफ़ के साथ रहते थे) ने अक़ीदा में इसे अहलुस-सुन्ना का अक़ीदा कहा: "अल्लाह छह दिशाओं में से किसी में भी समाहित नहीं है।" (उनकी प्रसिद्ध पुस्तक अल-अक़ीदा अत-तहविया; उन्होंने इब्न तैमिया के कथनों का उपयोग करते हुए इब्न अबिल इज़्ज़ द्वारा इस अक़िद्द को समझाया कि अल्लाह स्वयं सिंहासन से ऊपर है और सृष्टि का प्रकार शाश्वत है)।

* अल हफ़ेद इब्न हज्जर ने अपनी पुस्तक "फ़थुल बारी फ़ी शर सही अल बुखारी" में कहा, "इमाम बुखारी का मानना था कि अल्लाह बिना किसी स्थान के मौजूद है (खंड 13 पृष्ठ 357)"। इसके अलावा vol3 p23. खंड 6 पी102. खंड 13 पी. 309,328,351,354, 355,357,366,369,370,414)

* अल-नवाविया ने साहिह मुस्लिम की अपनी व्याख्या में अल क़ादी सियाद से सहमति व्यक्त की कि कविता ""आमिंटम मन फ़िस-समाई" की शाब्दिक व्याख्या की गई है (हम तावील बनाते हैं)

* मुफ़स्सिर फ़ख़रुद्दीन अर-रज़ी ने कुरान की अपनी व्याख्या (खंड 3 पृष्ठ 69) में कहा कि "यह मुशबिहा है जिसने यह दावा करने के लिए आयत ('आमिंटम मन फिस-समाई) का इस्तेमाल किया कि अल्लाह स्वयं इसमें है।" आकाश। मुफ़स्सिर अबू हय्यान अल अंदालुसी ने भी यही बात कही (अल-बहरुल मुहित खंड 8 पृष्ठ 302 और अल-बहरूल पागल खंड 2 पृष्ठ 1131,1132)।

* मुफ़स्सिर और फ़क़ीह अबुल फ़राज़ इब्नुल जावज़ी ने अपनी पुस्तक "अल-बज़ुल अशहाब अल मुनक़द ^ला मुखालिफ़ी अल मधहब" में (जिन्होंने इस पुस्तक को काउंटर

दावों का खंडन करने और यह साबित करने के लिए लिखा है कि अहलुस-सुन्ना और विशेष रूप से इमाम अहमद इब्नु हनबल स्पष्ट हैं) तशबीह के इस कथन से कि अल्लाह स्वयं आकाश में है) ने कहा (पृष्ठ 54,56,57), "जिन्होंने दावा किया कि अल्लाह एक जगह पर मौजूद है, वे मुशाबिहा और मुजस्सिमा हैं और नहीं जानते थे कि सही विश्वास क्या है"
 * अबू मंसूर अल-बगदादी ने अपनी पुस्तक "अल फ़रकू बेनल फ़िराक पृष्ठ 333" में कहा है: "यह अहलुस-सुन्ना की सर्वसम्मति है कि अल्लाह बिना किसी स्थान के मौजूद है"सुबह से रात तक उसकी महिमा का गुणगान करो, अल-अहज़ाब 33:42

 अन-नहल 16:57 की झूठी बेटियाँ; बानी इस्राएल 17:40; अज़-ज़ुख़्रुफ़ 43:16; गुरु 52:39; अन-नज्म 53:21-22

 नाम से, अन-नज्म 53:19-20

 अल्लाह का डर

 अन-नहल 16:119 अज्ञानता के कारण पाप करने पर पश्चाताप करने वालों को क्षमा कर देता है

 जीवन और मृत्यु का दाता, अल-बकराह 2:258; अल-इमरान 3:256; विज्ञापन-दुखन 44:8; अन-नज्म 53:44; अल-हदीद 57:2; अल-मुल्क 67:2.

 यीशु ने यह भी दावा किया कि उसके पास जीवन देने की शक्ति है:

 क्योंकि जैसे पिता मरे हुओं को जिलाता और जिलाता है, वैसे ही पुत्र भी जिसे वह देना चाहता है उसे जिलाता है। (यूहन्ना 5:21)

 मनुष्य को स्वतंत्र इच्छा देता है, हां पाप 36:67। यह भी देखें कि ईश्वर और पूर्वनियति के तहत वह जिसे चाहे मार्गदर्शक और भटका देता है।

 उसके लिए सब कुछ दे देना, एन-निसा' 4:66-68,125

 अच्छाई और बुराई उसी की ओर से हैं, अन-निसा 4:78

वह जिसे चाहे मार्ग दिखाता है और भटका देता है, अल-बकरा 2:26,142, अल-अन'आम 6:35-36,125; इब्राहीम 14:4; अन-नहल 16:93,104; अल-कसास 28:56. यह भी देखें, ईश्वर के अधीन मनुष्य को स्वतंत्र इच्छा देता है।

मुस्लिम मान्यता है कि ईश्वर हर चीज़ की इच्छा रखता है, चाहे अच्छा हो या बुरा। पूर्वनियति भी देखें।

कड़ी मेहनत करने वालों को बेहतर इनाम मिलता है, 'अन-निसा' 4:95-96; अल-मैदाह 5:54; अत-तौबा 9:120; अल-हुजुरात 49:15; यथा-सैफ़ 61:11

उसका कोई जीवनसाथी नहीं है, अल-जिन्न 72:3

उसका कोई मध्यस्थ नहीं है, अज़-ज़ुमर 39:3। हिमायत देखें.

उसका कोई बेटा नहीं है, अज़-ज़ुख्रुफ़ 43:81; अल-जिन्न 72:3; अल-इखलास 112:3

आपके कठिन समय में आपको नहीं छोड़ा है, विज्ञापन-दुहा 93:3

व्यर्थ की बातों, अपव्यय और बहुत अधिक प्रश्न पूछने के कारण हमसे घृणा करता है,

रिवायत अश-शाबी:

अल-मुगीरा बिन शुबा के क्लर्क ने बताया, "मुआविया ने अल-मुगीरा बिन शुबा को लिखा: मुझे कुछ लिखें जो आपने पैगंबर से सुना है।" तो अल-मुगीरा ने लिखा: मैंने पैगंबर को यह कहते हुए सुना, "अल्लाह ने तुम्हारे लिए तीन चीजों से नफरत की है:

व्यर्थ की बातें, (व्यर्थ की बातें) कि तुम बहुत अधिक या दूसरों के बारे में बातें करते हो।

धन का अपव्यय (फिजूलखर्ची से)

और बहुत अधिक प्रश्न पूछना (विवादित धार्मिक मामलों में) या दूसरों से कुछ माँगना (अत्यधिक आवश्यकता को छोड़कर)।

(सहीह बुखारी 2.555)

पवित्र, 61:1.

दिलचस्प बात यह है कि उपरोक्त आयत इस बात की पुष्टि करने वाला एकमात्र अंश है कि अल्लाह पवित्र है, और केवल एक संक्षिप्त टिप्पणी के रूप में। कुरान में, ईश्वर की पवित्रता का गुण अल्लाह की सर्वशक्तिमानता और सर्वज्ञता के प्रमुख विषय की तुलना में फीका है, जो कि कुरान में कई बार दोहराए गए गुण हैं।रहस्यवादियों के लिए प्रेरणा, एक-नूर 24:35-36

हर जगह है, अल-बकराह 2:115,142,177; अन-निसा' 4:126

बस, यूनुस 10:109; यूसुफ 12:80; अन-नहल 16:90; अल-अंबिया' 21:47.

शरीर नहीं है,

*अहल-एस-सुन्ना वल जामा का अक़ीदा यह है कि अल्लाह बिना जगह के मौजूद है। यह कहना कि अल्लाह अपनी रचना से अलग सात आसमानों से ऊपर है, इसका मतलब है कि वह एक शरीर है और अल्लाह के लिए शरीर असंभव है। अल-इमाम अल-अशरिया ने कहा: जो व्यक्ति यह विश्वास करता है कि अल्लाह एक शरीर है, वह अपने भगवान की उपेक्षा करता है और काफ़िर है। उनकी पुस्तक अन-नवादिर में उद्धृत।

हालाँकि इस्लाम अल्लाह के शरीर के बारे में कोई निश्चित बयान नहीं देता है, लेकिन यह भी निश्चित रूप से नहीं कहता है कि अल्लाह एक आत्मा है। बाइबिल में, हम यीशु को यह शिक्षा देते हुए पाते हैं कि ईश्वर एक आत्मा है,

[यीशु ने कहा:] ईश्वर आत्मा है, और उसके उपासकों को आत्मा और सच्चाई से आराधना करनी चाहिए। (यूहन्ना 4:24)

है

प्रथम और अंतिम (अल्फा और ओमेगा), अल-हदीद 57:3।

बाइबल में, परमेश्वर ने अपने लिए इस उपाधि का प्रयोग किया:

मैं अल्फा और ओमेगा हूं, आदि और अंत हूं, प्रभु कहते हैं, जो है, और जो था, और जो आने वाला है, वह सर्वशक्तिमान है। (प्रकाशितवाक्य 1:8)

बाइबिल में यीशु के लिए इस शीर्षक का प्रयोग किया गया है:

जब मैंने उसे देखा तो मैं उसके पैरों पर ऐसे गिर पड़ा जैसे मर गया हो। फिर उसने अपना दाहिना हाथ मुझ पर रखा और कहा: "डरो मत। मैं पहला और आखिरी हूं। (प्रकाशितवाक्य 1:17) उसने मुझसे कहा: "यह हो गया है। मैं अल्फा और ओमेगा, शुरुआत और अंत हूं। जो प्यासा हो उसे मैं जीवन के जल के सोते से सेंतमेंत पिलाऊंगा। (प्रकाशितवाक्य 21:6)देखो, मैं शीघ्र आ रहा हूँ! मेरा प्रतिफल मेरे पास है, और मैं हर एक को उसके कामों के अनुसार दूँगा। मैं अल्फा और ओमेगा, पहला और आखिरी, शुरुआत और अंत हूं। धन्य हैं वे जो अपने वस्त्र धो लेते हैं, कि उन्हें जीवन के वृक्ष के पास आने का अधिकार मिले, और वे फाटकों से होकर नगर में प्रवेश करें। बाहर कुत्ते, जादू करने वाले, अनैतिक यौन संबंध रखने वाले, हत्यारे, मूर्तिपूजक और झूठ से प्यार करने वाले और झूठ बोलने वाले सभी लोग बाहर हैं। मैं, यीशु, ने आपको चर्चों के लिए यह गवाही देने के लिए अपना स्वर्गदूत भेजा है। मैं दाऊद की जड़ और वंश और भोर का चमकता हुआ तारा हूं।" (प्रकाशितवाक्य 22:12-16)

बाहरी और भीतरी, अल-हदीद 57:3

अल्लाह से ईर्ष्या, मलिक का मुव्वता 12.1.1. सुनन अबू दाउद 14.2653

जानता है कि यह समझ से परे है, अल-अन'आम 6:59,73; अत-तौबा 9:94,105; ar-Ra`d 13:9; यथा-सजदा 32:6; सबा' 34:48; अल-फ़ातिर 35:38; अज़-ज़ुमर 39:46; अल-हुजुरात 49:18; अल-हश्र 59:22; अल-जुमा 62:8; अत-तागबुन 64:18; अल-जिन्न 72:26; अल-मुदाथिर 74:31; अल-अला 87:7

का प्यार, देखें अल्लाह का प्यार

उन लोगों से प्यार करता है जो न्यायसंगत व्यवहार करते हैं, अल-हुजुरात 49:9।

मुसलमान यह नहीं मानते कि ईश्वर पापियों से प्रेम करता है, जबकि ईसाई मानते हैं कि ईश्वर पापियों सहित सभी से प्रेम करता है।

परन्तु परमेश्वर इस प्रकार हमारे प्रति अपना प्रेम प्रदर्शित करता है: जब हम पापी ही थे, मसीह हमारे लिये मर गया। (रोमियों 5:28)

हालाँकि, इसका मतलब यह नहीं है कि ईश्वर पापी के पापों को क्षमा करता है।

लोगों को समझाता है, सही बुखारी 1.71

जिसके बारे में उन्होंने बात नहीं की, उसके संबंध में कोई कानून नहीं बनाया, अल-माइदा 5:101; अल-अन'आम 6:140,148; अल-अराफ 7:32

फैसले के दिन के मास्टर, अल-फातिहा 1:4

इसके अलावा, पिता किसी का न्याय नहीं करता, परन्तु न्याय करने का सारा काम पुत्र को सौंप दिया है, (यूहन्ना 5:22)

मक्का में ईश्वर का "सर्वोच्च ईश्वर" के रूप में दृष्टिकोण, लेकिन अनेक यूनुस 10:18 में से एक; अल-अंकाबुत 29:65; या पाप 36:23; अज़-ज़ुमर 39:38; अज़-ज़ुखरुफ़ 43:86

युद्धबंदियों के प्रति दया, जिनमें अच्छाई है, अल-अनफाल 8:70

अल-बकराह 2:255 की प्रकृति

कोई भी इंसान देवत्व नहीं है, अल-इमरान 3:64,151

तीन में से तीसरा नहीं (YA: त्रिमूर्ति नहीं), एन-निसा' 4:171

केवल अल्लाह ही माफ करता है, अल-इमरान 3:129.कुछ लोग एक लकवे के रोगी को चटाई पर लिटाये हुए आये और उसे घर में ले जाकर यीशु के सामने रखने का प्रयत्न करने लगे। जब भीड़ के कारण उन्हें ऐसा करने का कोई रास्ता नहीं मिला, तो वे छत पर चढ़ गए और उसे उसकी चटाई पर खपरैल के माध्यम से भीड़ के बीच में, यीशु के ठीक सामने उतार दिया। जब यीशु ने उनका विश्वास देखा, तो कहा, "हे मित्र, तेरे पाप क्षमा हुए।" फ़रीसी और शास्त्री मन ही मन सोचने लगे, "यह कौन है जो निन्दा करता है? परमेश्वर को छोड़ और कौन पाप क्षमा कर सकता है?" यीशु को पता था कि वे क्या सोच रहे हैं और उन्होंने पूछा, "तुम ये बातें अपने मन में क्यों सोचते हो? क्या आसान है: यह कहना, 'तुम्हारे पाप क्षमा हुए,' या यह कहना, 'उठो और चलो'? लेकिन ताकि तुम जान लो कि मनुष्य के पुत्र को पृथ्वी पर पाप क्षमा करने का अधिकार है..." उस ने लकवे के मारे हुए से कहा, "मैं तुझ से कहता हूं, उठ, अपनी खाट उठा, और घर चला जा।" वह तुरन्त उनके साम्हने खड़ा हुआ, और जो कुछ उस पर पड़ा था, उसे उठाकर परमेश्वर की स्तुति करता

हुआ अपने घर चला गया। सभी लोग चकित हुए और उन्होंने परमेश्वर की स्तुति की। वे विस्मय से भर गए और कहने लगे, "आज हम ने अद्भुत बातें देखीं। (लूका 5:18-26)

केवल ईश्वर ही अच्छा है? अल-फ़लाक़-ए-नास के साथ बुराई से शरण

उसे खड़े, बैठे, लेटे हुए याद करना, अल-इमरान 3:191; अन-निसा' 4:103; यूनुस 10:12; अल-फुरकान 25:64

अल्लाह की छाया में रहने वाले सात प्रकार के लोग [प्रलय के दिन]: न्यायप्रिय शासक, अल्लाह की इबादत में पले-बढ़े युवा, एक व्यक्ति जिसका दिल मस्जिद से जुड़ा हुआ है, दो व्यक्ति जो केवल अल्लाह के लिए एक-दूसरे से प्यार करते हैं और मिलते हैं और केवल अल्लाह के कार्य में भाग लेना, कुलीन कुल की आकर्षक महिलाओं के साथ अवैध यौन संबंध से इनकार करना, गुप्त रूप से दान करना, एकांत में अल्लाह को याद करना और बहुत रोना, सही बुखारी 2.504

गर्भ में आपको आकार देता है, अल-इमरान 3:6

संप्रभु, अल-बकराह 2:255

सिंहासन पानी पर टिका हुआ है, हुद 11:7

उसके लिए बेहतरीन नाम हैं (अल अस्मा अल हुस्ना) (एमए: पूर्णता के गुण), अल-अराफ 7:180; बानी इस्राएल 17:110; ता हा 20:8; अल-हश्र 59:22-24

अल्लाह की एकता (तौहीद), उदाहरण के लिए। सूरा अल-इखलास 112अल-बकरा 2:255: "अल्लाह! उसके सिवा कोई ईश्वर नहीं है, वह जीवित, शाश्वत है। न तो नींद और न ही नींद उसे पकड़ती है। जो कुछ आकाशों में है और जो कुछ पृथ्वी में है, वह उसका है। वह कौन है जो सिफ़ारिश करता है उसकी अनुमति के अलावा वह उसके साथ है? वह जानता है कि जो कुछ उनके सामने है और जो कुछ उनके पीछे है, जबकि वे उसके ज्ञान में से कुछ भी नहीं घेरते सिवाय उसके जो वह चाहता है। उसके सिंहासन में आकाश और पृथ्वी शामिल हैं, और वह कभी नहीं थकता उन्हें संरक्षित करना। वह उदात्त, जबरदस्त है।"

मुहम्मद के बाद चार शताब्दियों तक, धर्मशास्त्रियों ने अल्लाह का वर्णन करने की कोशिश की, लेकिन कोई फायदा नहीं हुआ। अंत में, यह निष्कर्ष निकाला गया कि

अल्लाह अज्ञात है, भले ही "वह मनुष्य के गले की नस से भी अधिक निकट है" (क़ाफ़ 50:15)। लेकिन निम्नलिखित विशेषताओं की पुष्टि की गई है:

ज़िंदगी। अल्लाह स्वयं अस्तित्व में है, उसकी कोई शुरुआत और अंत नहीं है, न ही वह किसी पर या किसी चीज़ पर निर्भर है।

ज्ञान। वह स्वर्ग या पृथ्वी, अतीत या भविष्य, देखी या अनदेखी, सब कुछ जानता है और भूलता नहीं है।

शक्ति। सर्व शक्तिशाली. एक क्षण में पृथ्वी को नष्ट या पुनः निर्मित कर सकता है।

इच्छा। वह वही करता है जो वह चाहता है और जो चाहता है वह पूरा होता है, चाहे अच्छा हो या बुरा। मनुष्य के अच्छे कर्म इसलिए किये जाते हैं क्योंकि अल्लाह चाहता है।

श्रवण. वह कानों की आवश्यकता के बिना ही सुनता है

देख के। वह "यहां तक कि एक अंधेरी रात में एक काले पत्थर पर काली चींटी के कदमों को भी" देखता है, बिना इंसानों की नज़र के।

भाषण। वह पुरूषों की भाँति बिना जीभ के बोलता है। वह सीधे तौर पर बात कर सकता है, अक्सर गेब्रियल के माध्यम से।

(एमोरी वैनगेरपेन, नोट्स ऑन इस्लाम, ओएसिस बुक्स, 1974, पृ.26) "बी ला कैफ; वा ला तशबीह": इसका मतलब है कि लोग अल्लाह का वर्णन करते हैं "बिना यह पूछे कि यह कैसे संभव है, और उसकी तुलना किए बिना।" (अल-ग़ज़ाली, एमोरी वैनगेरपेन द्वारा उद्धृत, इस्लाम पर नोट्स, ओएसिस बुक्स, 1974, पृष्ठ 26)

अच्छी चीजें देना चाहता है,* [यीशु ने कहा:] तुम में से कौन है, यदि उसका बेटा रोटी मांगे, तो उसे पत्थर देगा? या यदि वह मछली मांगे, तो उसे सांप दे देंगे? सो यदि तुम बुरे होकर भी अपने बच्चों को अच्छी वस्तुएं देना जानते हो, तो तुम्हारा स्वर्गीय पिता अपने मांगनेवालों को क्यों न अच्छी वस्तुएं देगा! (मैथ्यू 7:9-11)

ईश्वर के कोमल प्रेम की यह शिक्षा संभवतः सूफियों को छोड़कर अधिकांश मुसलमानों के लिए पराई है।

मूसा के लिए तालिकाएँ लिखीं, मूसा के अंतर्गत प्राप्त परमेश्वर की लिखित तालिकाएँ देखें

ऐसी चीजें बनाएंगे जिनके बारे में आपको कोई जानकारी नहीं है, एक-नहल 16:8

अपनी रचना के साथ कोई गलत काम नहीं करेगा, अल-इमरान 3:108; अन-निसा' 4:40; बानी इस्राएल 17:71; अल-अंबिया' 21:47; अल-हज्ज 22:10; राख-शुअरा' 26:209; अल-मुमिन 40:31; हा मीम सजदा 41:46; अल-जथियाह 45:22; क़फ़ 50:29; अत-ताग़बुन 64:11.

इसकी तुलना मार्गदर्शकों से करें और वह जिसे चाहे भटका दे। पूर्वनियति भी देखें।

अल-बकराह 2:255,284; अल-इमरान 3:2,26; अल-मैदा 5:17,72; अल-अन'आम 6:96; अन-नूर 24:35; अल-हश्र 59:22; अत-ताग़बुन 64:1

अल्लाह शब्द की उत्पत्ति

शब्द अल्लाह अरबी शब्द है। अरबी के इलावा अरहमिक, इब्रानी और अन्य सेमेटिक भाषाओं में भी यह शब्द अल्लाह देखा जा सकता है। कुरान के अवतरण के पहले से ही यह शब्द प्रयोग में रहा है। हज़रत मुहम्मद सल्लाहु अलेयही वस्सलम के पिता का नाम अब्दुल्लाह रदीयल्लाहु अन्ह् था यानी "अल्लाह का बन्दा"। हज़रत मुहम्मद सल्लाहु अलेयही वस्सलम पैदा होने से पहले ही अब्दुल्ला रदीयल्लाहु अन्ह् का देहांत हो गया था। इस का मतलब यह है कि अल्लाह शब्द मुहम्मद या कुरान के आने बाद का नहीं है बल्कि पहले का ही है।

अल्लाह शब्द अल + इलाह शब्दों से बना है। इलाह शब्द का अर्थ सेमेटिक भाषाओं में और इब्रानी भाषा और पवित्र ग्रन्थों में भी देखा जा सकता है, जिस का अर्थ स्थूल रूप से "पूज्य या उपास्य" है अल्लाह का मतलब होता है कि इसके सिवा कोई इबादत के लायक नहीं ।

इस्लाम से पहले का अरब

अल्लाह शब्द के क्षेत्रीय रूप बुतपरस्त और ईसाई पूर्व-इस्लामिक दोनों शिलालेखों में पाए जाते हैं। पूर्व-इस्लामिक बहुसंख्यकवाद में अल्लाह की भूमिका के बारे में विभिन्न सिद्धांतों का प्रस्ताव किया गया है। कुछ लेखकों ने सुझाव दिया है कि बहुदेववादी अरबों ने नाम का उपयोग एक निर्माता देवता या उनके देवता के सर्वोच्च देवता के संदर्भ के रूप में किया है। हो सकता है कि यह शब्द मेककन धर्म में अस्पष्ट हो। एक परिकल्पना के अनुसार, जो जूलियस वेलहॉसेन पर वापस जाता है, अल्लाह (कुरैशी के आसपास के आदिवासी महासंघ का सर्वोच्च देवता) एक ऐसा पदनाम था, जिसने अन्य देवताओं के मुकाबले हुबल (कुरैश के सर्वोच्च देवता) की श्रेष्ठता को संरक्षित किया था। हालांकि, इस बात के भी प्रमाण हैं कि अल्लाह और हुबल दो अलग-अलग देवता थे। [evidence] उस परिकल्पना के अनुसार, काबा को पहले अल्लाह नाम के एक सर्वोच्च देवता के रूप में अभिषेक किया गया था और फिर मुहम्मद सल्लाहु अलेयही वस्सलम के समय से लगभग एक शताब्दी पहले मक्का की उनकी विजय के बाद कुरैशी के पैन्थियन की मेजबानी की गई थी। कुछ शिलालेख सदियों पहले एक बहुदेववादी देवता के नाम के रूप में अल्लाह के उपयोग को इंगित करते प्रतीत होते हैं, लेकिन हम इस उपयोग के बारे में कुछ भी नहीं जानते हैं। [indicate] कुछ विद्वानों ने सुझाव दिया है कि अल्लाह ने एक दूरदराज के निर्माता भगवान का प्रतिनिधित्व किया हो सकता है जिसे धीरे-धीरे अधिक विशिष्ट स्थानीय देवताओं द्वारा ग्रहण किया गया था। इस बात पर असहमति है कि क्या अल्लाह ने मक्का के धार्मिक पंथ में प्रमुख भूमिका निभाई है। अल्लाह का कोई प्रतिष्ठित प्रतिनिधित्व मौजूद नहीं है। मक्का में अल्लाह ही एकमात्र ऐसा देवता है जिसकी मूर्ति नहीं थी। मुहम्मद के पिता का नाम अब्दुल्लाह रदीयल्लाहु था जिसका अर्थ था "अल्लाह का बंदा"।

ईसाई धर्म

आज के ईसाई अरबों के पास "ईश्वर" के लिए "अल्लाह" के अलावा कोई दूसरा शब्द नहीं है। इसी तरह, असीरियन ईसाइयों की भाषा में "ईश्वर" के लिए अरामी शब्द 'Ĕlāhā, या अलाहा है। (यहां तक कि माल्टा की अरबी-मूल माल्टीज़ भाषा, जिसकी आबादी लगभग पूरी तरह से कैथोलिक है, "ईश्वर" के लिए अल्ला का उपयोग करती है।)

अरब ईसाइयों ने आह्वान के दो रूपों का उपयोग किया है जो उनके लिखित कार्यों की शुरुआत में जुड़े थे। उन्होंने मुस्लिम बिस्मिल्लाह को अपनाया, और 8वीं शताब्दी की शुरुआत में अपना खुद का त्रिमूर्तिकृत बिस्मिल्लाह भी बनाया। मुस्लिम बिस्मिल्लाह में लिखा है: "ईश्वर के नाम पर, दयालु, दयालु।" त्रिमूर्तिकृत बिस्मिल्लाह में लिखा है: "पिता और पुत्र और पवित्र आत्मा, एक ईश्वर के नाम पर।" सीरियाई, लैटिन और ग्रीक आह्वानों में अंत में "एक ईश्वर" शब्द नहीं है। यह जोड़ त्रिदेववादी विश्वास के एकेश्वरवादी पहलू पर जोर देने और मुसलमानों के लिए इसे अधिक स्वीकार्य बनाने के लिए किया गया था।

सूफीवाद

तसव्वुफ़ में, जिसे अक्सर इस्लाम के आंतरिक, रहस्यमय आयाम के रूप में वर्णित किया जाता है, हू, हुवा (वाक्य में स्थान पर निर्भर करता है), या फ़ारसी में परवरदिगार को ईश्वर के नाम के रूप में उपयोग किया जाता है। हू ध्वनि अल्लाह शब्द के अंतिम अक्षर से ली गई है, जिसे वाक्य के बीच में अल्लाहू के रूप में पढ़ा जाता है। हू का अर्थ है 'बस वही' या 'प्रकट'। यह शब्द कुरान की कई आयतों में स्पष्ट रूप से दिखाई देता है:

"ला इलाहा इल्ला हू"

—अल इमरान:18

बहाई धर्म में ईश्वर

बहाई धर्म के धर्मग्रंथ अक्सर ईश्वर को विभिन्न उपाधियों और विशेषताओं से संदर्भित करते हैं, जैसे कि सर्वशक्तिमान, सर्व-अधिकार, सर्वशक्तिमान, सर्व-बुद्धिमान, अतुलनीय, दयालु, सहायक, सर्व-महिमावान और सर्वज्ञ। बहाई मानते हैं कि ईश्वर का सबसे बड़ा नाम "सर्व-महिमावान" या अरबी में बहा है। बहा निम्नलिखित नामों और वाक्यांशों का मूल शब्द है: अभिवादन अल्लाह-उ-अभा ('ईश्वर सर्व-महिमावान है'), आह्वान या बहाउ-अल-अभा ('हे परम महिमावान की महिमा'), बहाउल्लाह ('ईश्वर की महिमा'), और बहाई ('सर्व-महिमावान का अनुयायी')। इन्हें अरबी में व्यक्त किया जाता है, चाहे जिस भाषा का उपयोग किया जाए (बहाई प्रतीकों को देखें)। इन नामों के अलावा, ईश्वर को स्थानीय भाषा में भी संबोधित किया जाता है, उदाहरण के लिए हिंदी में ईश्वर, फ्रेंच में डियू और स्पेनिश में डियोस। बहाई मानते हैं कि बहाई धर्म के संस्थापक बहाउल्लाह "ईश्वर के नामों और गुणों का पूर्ण अवतार" हैं।

मंडेइज़्म

मंडाई लोग एक ईश्वर में विश्वास करते हैं जिसे हयी रब्बी ('महान जीवन' या 'महान जीवित ईश्वर') कहा जाता है। ईश्वर के लिए इस्तेमाल किए जाने वाले अन्य नामों में मारे डी'रबुता ('महानता का भगवान'), माना रब्बा ('महान दिमाग'), मेलका डी'नहुरा ('प्रकाश का राजा') और हयी क़दमई ('पहला जीवन') शामिल हैं।

यजीदी धर्म

यजीदी धर्म केवल एक शाश्वत ईश्वर को जानता है, जिसे अक्सर ज़्वेदे नाम दिया जाता है। कुछ यजीदी भजनों (जिन्हें क्वेल्स के नाम से जाना जाता है) के अनुसार, ईश्वर के 1001 नाम हैं।

पारसी धर्म में ईश्वर के 101 नाम

पारसी धर्म में, ईश्वर के 101 नाम (पज़ंद सद-ओ-याक नाम-ए-खोदा) ईश्वर (अहुरा मज़्दा) के नामों की एक सूची है। यह सूची फ़ारसी, पज़ंद और गुजराती में संरक्षित है। पारसी परंपरा ने इसे ईश्वर के 101 नामों की सूची में विस्तारित किया।

मुताज़िलिस

मुताज़िलिस ईश्वर की मानवरूपी विशेषताओं को अस्वीकार करते हैं क्योंकि एक शाश्वत प्राणी "अद्वितीय होना चाहिए" और विशेषताएँ ईश्वर को तुलनीय बनाती हैं। कुरान में ईश्वर के वर्णन को रूपक माना जाता है। फिर भी, मुताज़िलियों का मानना था कि ईश्वर में एकता (तौहीद) और न्याय है। ज्ञान जैसी अन्य विशेषताएँ ईश्वर को नहीं दी जाती हैं; बल्कि वे उसके सार का वर्णन करती हैं। अन्यथा ईश्वर की शाश्वत विशेषताएँ ईश्वर के अलावा शाश्वत रूप से विद्यमान अनेक संस्थाओं को जन्म देंगी।

सबसे महत्वपूर्ण मुताज़िली धार्मिक कार्यों में से हैं:

शरह अल-उसुल अल-खमसा (पांच सिद्धांतों की व्याख्या) अल-कादी 'अब्द अल-जब्बार (मृत्यु 415/1025) द्वारा।
 अल-मिनहाज फी उसुल अल-दीन (धर्म के मूल सिद्धांतों में पाठ्यक्रम/विधि) अल-ज़माख़शरी (मृत्यु 538/1144) द्वारा।

शिया

शिया मुताज़िलियों से सहमत थे और इस बात से इनकार करते थे कि ईश्वर को इस दुनिया में या अगली दुनिया में भौतिक आँखों से देखा जाएगा।

इस्माइलिस

इस्माइलवाद के अनुसार, ईश्वर पूर्णतः पारलौकिक और अज्ञेय है; पदार्थ, ऊर्जा, स्थान, समय, परिवर्तन, कल्पना, बुद्धि, सकारात्मक और नकारात्मक गुणों से परे। अनुष्ठानों, शास्त्रों या प्रार्थनाओं में नामित ईश्वर के सभी गुण ईश्वर के पास मौजूद गुणों को नहीं, बल्कि ईश्वर से निकले गुणों को संदर्भित करते हैं, इस प्रकार ये वे गुण हैं जो ईश्वर ने सभी गुणों के स्रोत के रूप में दिए हैं, लेकिन ईश्वर इन गुणों में से किसी एक पर आधारित नहीं है। दुनिया के अल्लाह की एक दार्शनिक परिभाषा है "वह प्राणी जो अपने आप में पूर्णता के सभी गुणों को केंद्रित करता है" या "वह व्यक्ति जो आवश्यक प्राणी है, और जो पूर्णता के सभी गुणों को समाहित करता है"। चूँकि ईश्वर सभी शब्दों से परे है, इसलिए इस्माइलवाद भी ईश्वर की अवधारणा को पहले कारण के रूप में नकारता है।

 इस्माइलिज्म में, ईश्वर को गुण प्रदान करना और साथ ही ईश्वर की किसी भी विशेषता को नकारना (नकारात्मकता के माध्यम से) दोनों ही मानवरूपता के रूप में योग्य हैं और इन्हें अस्वीकार कर दिया जाता है, क्योंकि ईश्वर को न तो उसे गुण प्रदान करके और न ही उससे गुण हटाकर समझा जा सकता है। 10वीं शताब्दी के इस्माइली दार्शनिक अबू याकूब अल-सिजिस्तानी ने दोहरे निषेध की विधि का सुझाव दिया; उदाहरण के लिए: "ईश्वर अस्तित्व में नहीं है" के बाद "ईश्वर अस्तित्वहीन नहीं है"। यह किसी भी समझ या मानवीय समझ से ईश्वर की महिमा करता है।

ट्वेल्वर

ट्वेल्वर का धर्मशास्त्र

ट्वेल्वर शिया मानते हैं कि ईश्वर का कोई आकार नहीं है, कोई भौतिक हाथ नहीं है, कोई भौतिक पैर नहीं है, कोई भौतिक शरीर नहीं है, कोई भौतिक चेहरा नहीं है। उनका मानना है कि ईश्वर का कोई दृश्य रूप नहीं है। ईश्वर समय के साथ नहीं बदलता है, न ही वह किसी भौतिक स्थान पर रहता है। शिया तर्क देते हैं कि किसी भी परिस्थिति में ईश्वर नहीं बदलता है। ईश्वर के बारे में कोई समय सीमा भी नहीं है। अपने दृष्टिकोण के समर्थन में, शिया विद्वान अक्सर कुरान की आयत 6:103 का हवाला देते हैं जिसमें कहा गया है: "आँखें उसे नहीं समझती हैं, लेकिन वह सभी आँखों को समझता है। वह सर्व-सूक्ष्म (चाहे वह कितना भी छोटा क्यों न हो, सब कुछ भेदने वाला), सर्वज्ञ है।" इस प्रकार सुन्नियों और शियाओं के बीच एक बुनियादी अंतर यह है कि पूर्व का मानना है कि अनुयायी पुनरुत्थान के दिन अपने भगवान को "देखेंगे", जबकि बाद वाले का मानना है कि ईश्वर को नहीं देखा जा सकता क्योंकि वह स्थान और समय से परे है।

इब्न अब्बास कहते हैं कि एक बार एक बद्दू अल्लाह के रसूल के पास आया और कहा, "अल्लाह के रसूल! मुझे सबसे असामान्य ज्ञान सिखाइए!" उन्होंने उससे पूछा, "तुमने ज्ञान के शिखर के साथ क्या किया है कि अब तुम इसकी सबसे असामान्य चीजों के बारे में पूछते हो?" उस व्यक्ति ने उनसे पूछा, "अल्लाह के रसूल! ज्ञान का यह शिखर क्या है?" उन्होंने कहा, "यह अल्लाह को उस तरह से जानना है जिस तरह से उसे जाना जाना चाहिए।" तब बद्दू ने कहा, "और उसे उस तरह से कैसे जाना जा सकता है जिस तरह से उसे जाना जाना चाहिए?" अल्लाह के रसूल ने जवाब दिया, "यह है कि तुम उसे जानते हो कि उसका कोई आदर्श नहीं है, कोई समकक्ष नहीं है, कोई विरोधी नहीं है, और वह वहीद (एक, एकल) और अहद (अद्वितीय, पूर्णतः एक) है: स्पष्ट फिर भी छिपा हुआ, पहला और अंतिम, जिसका कोई समकक्ष या समानता नहीं है; यही उसके बारे में सच्चा ज्ञान है।"

—मुहम्मद बाकिर अल-मजलिसी, "अल्लाह को जानना", बिहार अल-अनवर

सबसे महत्वपूर्ण शिया धार्मिक कार्यों में से हैं:

किताब अल-तौहीद (एकेश्वरवाद की पुस्तक) इब्न बाबावह द्वारा - जिसे अल-शेख अल-सादुक के नाम से भी जाना जाता है - (मृत्यु 381 H/991)।

ताजरीद अल-इतिकाद (विश्वास का उदात्तीकरण) नासिर अल-दीन अल-तुसी द्वारा (मृत्यु 672/1274)।

मेरी अन्य पुस्तकें निम्न है–

क्रमांक	पुस्तक का नाम
1	पृथ्वी के प्रचलित धर्म व पंथ
2	कुरान करीम का विशेष ज्ञान
3	जीवन एक पहेली व स्वास्थ्य
4	जीवन तथा भाषा की उत्पत्ति कैसे हुई?
5	इस्लाम एक परिचय व संप्रदाय
6	अल्लाह एक परिचय
7	आज भी अंल खि□ जिंदा है?
8	सात सोने वालों की रहस्यमई घटना
9	प्रार्थना, सभी धर्मों में
10	उपदेश महान लोगों के, सभी धर्मों में
11	स्वप्न, व्याख्या, प्रत्येक धर्म में
12	हारूत तथा मारुत की कहानी
13	आत्मा (रूह) धर्म तथा विज्ञान की नजर में
14	असली सिकंदर (जुलकरनैन)
15	दुःख
16	ईश्वर, प्रार्थना, उपदेश, नास्तिक, दुःख
17	विश्व के प्रमुख धर्म मत व सम्प्रदाय
18	पवित्र कुरान एक परिचय तथा उसके अनसुलझे रहस्य
19	धर्म संस्थापक का जीवन परिचय ,सभी धर्मों के

41	पैगंबर का उत्तर और जनता का सवाल
42	विश्व प्रसिद्ध धार्मिक पुस्तकों में सामानता
43	पवित्र कुरआन का कानून सही या गलत?
44	पवित्र कुरआन में इंसानियत?
45	कोह- ए - का़फ तथा आब ए हयात का रहस्य
46	क्या उजैर ईश्वर के पुत्र थे?

यह सारी पुस्तकें अंग्रेजी संस्करण में भी उपलब्ध है। तथा कुछ अंतर्राष्ट्रीय भाषा में उपलब्ध है।

सभी पुस्तकें पेपर बैक संस्करण तथा हार्ड कवर संस्करण में भी उपलब्ध है।

उपरोक्त पुस्तकें Amazon, Flipkart, तथा notionpress.com पर भी उपलब्ध है।

मेरी ई-बुक संस्करण (नि:शुल्क) **<u>Google play store</u>** पर निम्न है–

क्रमांक	पुस्तक का नाम
1	विश्व के प्रमुख धर्म मत व सम्प्रदाय
2	पवित्र कुरान एक परिचय व उसके अनसुलझे रहस्य
3	जीवन की कुछ अनसुलझी पहेली
4	असली सिकंदर (जुलकरनैन)
5	स्वप्न (व्याख्या) धर्म तथा विज्ञान की नजर में
6	आत्मा (रूह) धर्म तथा विज्ञान की नजर में
7	मनुष्य तथा भाषा की उत्पत्ति कैसे हुई?
8	ईश्वर, प्रार्थना, उपदेश, नास्तिक, दु:ख
9	हारूत तथा मारुत की कहानी
10	उपदेश महान लोगों के, सभी धर्मों में

अपना व्यक्तिगत परिचय

मेरा नाम अब्दुल वहीद है मेरे पिता का नाम स्वर्गीय हाजी उबैदुर्रहमान है व माता का नाम जैबुन्निसा है । मैंने बचपन से ही वैज्ञानिक विचारधारा को पसंद किया है और शांत स्वभाव व पुस्तकों से लगाव रहा है । जिससे मेरी रोज जिज्ञासा रुचि निरंतर नए - नए खोजो को जानकारी में प्रयुक्त रहा है । मैं BSc करते समय पालीटेक्निक में सेलेक्शन हो गया था , लेकिन दुर्भाग्यवश अधूरा रह गया था क्योंकि पिता और भाई का सर्वगवास हो गया था । मेरे पिता जी की दो बातें जो , मेरे जीवन के लिए अत्यंत अनमोल है <u>प्रथम - इमानदारी से कमाओ झूठ का सहारा मत लो ,</u>
<u>दूसरा अन्न की इज्जत करो और जितना खाना हो उतना ही लो ।</u> इसलिए घर की जिम्मेदारी , फिर बाद में विवाह हो जाने के कारण शिक्षा अधूरी रह गई । फिर भी हिम्मत नहीं हारा और आज आपके सामने मेरे विचारों के रूप में पुस्तक उपलब्ध है । यदि कोई जानकारी अधूरी रह गई हो तो कृपया जरूर अवगत कराये । -

धन्यवाद ।
कृपया मुझसे संपर्क करें–
Abdul Waheed, Barabanki, Uttar Pradesh, India (BHARAT)